职称考试试题解析丛书

口腔科学与口腔医学技术试题解析

KOUQIANG KEXUE YU KOUQIANG YIXUE JISHU SHITI JIEXI

主　　编　楼北雁　罗　云　王　敏

副主编　苏　勤　杜　熹　潘小波

编　　者　朱晓华　华庆红　徐　玲　岳　莉
　　　　　赵立国　肖俐娟　王　夔　周　敏
　　　　　赖　锐　何大庆　刘　莉　刘小莉
　　　　　郝　亮　张　彦　张智轶　郭艳玲
　　　　　宣　鸣　曾　忻　杨　禾　喇　娜
　　　　　李继遥　廖礼姝

人民军医出版社

PEOPLE'S MILITARY MEDICAL PRESS

北　京

图书在版编目(CIP)数据

口腔科学与口腔医学技术试题解析/楼北雁,罗 云,王 敏主编.—北京:人民军医出版社,2009.1

(职称考试试题解析丛书)

ISBN 978-7-5091-2445-1

Ⅰ.口… Ⅱ.①楼…②罗…③王… Ⅲ.口腔科学-医药卫生人员-资格考核-解题 Ⅳ.R78-44

中国版本图书馆 CIP 数据核字(2008)第 209606 号

策划编辑:张利峰　　文字编辑:韩　志　　责任审读:张之生
出　版　人:齐学进
出版发行:人民军医出版社　　　　　　　经销:新华书店
通信地址:北京市 100036 信箱 188 分箱　　邮编:100036
质量反馈电话:(010)51927270;(010)51927283
邮购电话:(010)51927252
策划编辑电话:(010)51927300-8700
网址:www.pmmp.com.cn

印刷:北京国马印刷厂　　装订:京兰装订有限公司
开本:710mm×1010mm　1/16
印张:9.25　字数:168 千字
版、印次:2009 年 1 月第 1 版第 1 次印刷
印数:0001~3000
定价:30.00 元

前　言

　　本书是针对全国卫生专业技术资格考试的试题解析。全国卫生专业技术资格考试考察范围广，细节要求高，考试难度大，通过率较低，考生迫切需要掌握如何高效率复习、掌握难点、做对难题。

　　人民军医出版社组织出版的《卫生专业职称考试冲关捷径全真模拟试卷》，受到广大备考人员的欢迎和好评，考生普遍反映这套全真模拟试卷具有很高的仿真性，题型和试题难度非常贴近实考。为进一步满足考生需求，答疑解惑，人民军医出版社经过两年时间，对考生反馈意见进行了收集、分析和整理，并组织专家将考生问题、考试难题进行了细致解析，编写了这套《职称考试试题解析丛书》。本书不仅为备考人员答疑解惑，更能帮助考生节省宝贵的复习时间，避免浪费大量精力查阅教科书、参考书。

　　对于本套丛书存在的不足和错误，欢迎读者提出，以便在修订时改正。最后，衷心祝愿大家顺利通过考试！

目　　录

目 录

一、口腔内科学全真模拟试题解析

1. 下面哪个是牙髓感染的特有病原菌
   A. 放线菌
   B. 真杆菌
   C. 牙髓卟啉菌
   D. 韦荣菌
   E. 消化链球菌
   【答案】 C
   【解析】 卟啉菌是感染根管内常见的优势菌,其中牙髓卟啉菌几乎只在感染根管内出现且检出率较高,被认为是牙髓感染的特有病原菌。

2. 以下说法哪种是错误的
   A. 游离龈于牙面之间形成的间隙称龈沟
   B. 牙完全萌出后,龈沟的底部位于釉牙骨质界
   C. 龈沟的组织深度平均为 2mm
   D. 健康的牙龈探诊深度为 2~3mm
   E. 龈沟深度是一个重要的临床指标
   【答案】 D
   【解析】 健康牙龈的龈沟深度不超过 2mm。

3. 以下关于龈沟液哪项是错误的
   A. 为渗出液,成分主要来源于血清
   B. 健康牙龈的龈沟液量极少
   C. 机械刺激可使龈沟液分泌增加
   D. 龈沟液具有防御功能
   E. 龈沟液为漏出液,来自牙龈结缔组织间液
   【答案】 E
   【解析】 牙龈衬里的沟内上皮和结合上皮具有一定的双向通透性,龈沟内有液体存在,称为龈沟液,来自血清。

4. 龈谷

A. 游离龈与牙面之间的间隙

B. 每个牙的颊舌侧乳头在邻面的接触区下方汇合处略凹下

C. 该处上皮角化、无钉突

D. 对局部刺激的抵抗力较强

E. 牙周炎不易在此处发生

【答案】 B

【解析】 牙间乳头呈锥形充满于相邻两牙接触区根方的龈外展隙中,由游离龈和部分附着龈所构成。每个牙的颊舌侧乳头在邻面的接触区下方汇合处略凹下,称为龈谷,该处上皮无角化、无钉突,对局部刺激的抵抗力较低,牙周病易始发于此。

5. 牙周组织包括

A. 牙周膜

B. 牙槽骨

C. 牙骨质

D. 牙龈

E. 以上都是

【答案】 E

【解析】 牙周组织包括牙龈、牙周膜、牙槽骨、牙骨质。牙骨质虽然属于牙体组织,但它与牙龈、牙周膜、牙槽骨共同构成一个功能系统,习惯上将这四种组织合称为牙周支持组织。

6. 以下说法错误的是

A. 口腔龈上皮为角化或不全角化的复层磷状上皮

B. 沟内上皮为非角化复层磷状上皮

C. 结合上皮为角化复层磷状上皮

D. 龈谷上皮为非角化的上皮

E. 龈谷是牙周炎的易发部位

【答案】 C

【解析】 结合上皮为薄的复层磷状上皮,它既无角化层,又无上皮钉突。

7. 生物学宽度

A. 从龈沟底到牙槽嵴顶之间的恒定距离

B. 从釉牙骨质界到牙槽嵴顶之间的恒定距离

C. 从牙周袋底到牙槽嵴顶之间的恒定距离

D. 约为 1.07mm

E. 当牙周炎发生时生物学宽度将增大

【答案】 A

【解析】 从龈沟底到牙槽嵴顶之间的恒定距离称为生物学宽度,包括结合上皮和牙槽嵴顶以上的牙龈结缔组织,约为 2mm。随着年龄增大或在病变情况下,生物学宽度不变。

8. 在遇到脓液仍然有消毒作用的是

  A. 甲醛甲酚

  B. 木馏油

  C. 丁香油

  D. 樟脑酚

  E. 75％乙醇

【答案】 B

【解析】 木榴油遇脓液和坏死组织等有机物质仍有消毒作用。

9. 玻璃离子粘固剂的优点有

  A. 与牙体组织有机械性粘结性

  B. 热膨胀系数稍大于牙齿

  C. 热传导性能好

  D. 耐磨

  E. 可以释放氟

【答案】 E

【解析】 释放氟是玻璃离子粘固剂特有的优点。

10. 乳牙的根管治疗材料可以用

  A. 氢氧化钙糊剂加牙胶

  B. AH 糊剂加牙胶

  C. 氢氧化钙糊剂

  D. 牙胶

  E. 氯仿牙胶

【答案】 C

【解析】 乳牙进行根管治疗时用可吸收的充填材料,牙胶不可吸收,不能用于乳牙根管治疗。

11. 血管神经性水肿属于哪一型变态反应

  A. Ⅰ型

  B. Ⅱ型

  C. Ⅲ型

  D. Ⅳ型

E. V型

【答案】 A

【解析】 I型变态反应是变态反应中最常见的一个类型,属于速发型变态反应,药物过敏性口炎亦属于此型。

12. 12岁之后迁入饮水含氟量高的流行区,那他出现氟牙症的情况是

A. 双侧上颌第二磨牙

B. 双侧下颌第二磨牙

C. 双侧上颌尖牙、前磨牙和第二磨牙

D. 双侧下颌尖牙、前磨牙和第二磨牙

E. 以上都不是

【答案】 E

【解析】 过量的氟只有在牙发育矿化期进入机体才会发生氟牙症。恒牙釉质矿化在7岁前完成,7岁后进入高氟区不出现氟牙症。

13. 50岁男性,皮肤反复起疱1年多,口腔黏膜反复起疱半年,查体:腹股沟皮肤表面可见一直径约3cm水疱,疱液饱满,疱壁较厚,硬腭黏膜表面可见两个直径约4mm的水疱,疱壁较厚,取患者口内水疱完整疱壁做常规组织病理学检查,可见

A. 上皮下疱

B. 层松解

C. 上皮内疱

D. 基底膜区细长荧光带

E. 细胞层荧光带

【答案】 A

【解析】 上皮下疱因其裂隙或水疱出现在上皮与结缔组织之间,所以疱壁较厚,疱液饱满。

14. 洗必泰具有下列特性

A. 抗菌作用

B. 抗真菌作用

C. 容易吸收

D. 滞留时间长

E. 容易产生耐药性

【答案】 AD

【解析】 洗必泰,又叫氯己定,为广谱抗菌生素,对 G^+ 菌和 G^- 菌都有较强的抗菌作用,可在口腔黏膜和牙面滞留数小时之久。

15. 牙周塞治的目的是

　　A. 保护创面免受损伤

　　B. 防止感染

　　C. 有利于菌斑控制

　　D. 促进组织再生

　　E. 对松动牙的暂时性固定

　　【答案】 ABCDE

　　【解析】 牙周塞治适用于牙周手术后保护创面使组织在愈合期间免受损伤,阻止肉芽组织过度生长,防止感染,有利于菌斑控制,促进组织再生以及对外伤或术后松动牙的暂时性固定。

16. 最常见的造成牙内吸收的因素为

　　A. 外伤

　　B. 根管治疗

　　C. 慢性牙髓炎

　　D. 慢性根尖周炎

　　E. 牙髓坏死

　　【答案】 A

　　【解析】 牙内吸收多发生于外伤牙、再植牙以及做过活髓切断术或盖髓术的牙。

17. 慢性牙髓炎的疼痛特点是

　　A. 剧烈的放射状疼痛

　　B. 牵涉性痛

　　C. 不能定位

　　D. 夜间痛

　　E. 轻微的不适

　　【答案】 E

　　【解析】 其余四个答案为急性牙髓炎的疼痛特点。

18. 大写字母 L 代表的是牙齿的

　　A. 唇面

　　B. 舌面

　　C. 腭面

　　D. 颊面

　　E. 远中面

　　【答案】 B

19. 对边缘性龈炎患者的控制菌斑治疗,应包括以下内容,除了

    A. 向患者解释病因,控制菌斑的重要性

    B. 具体指导控制菌斑的方法

    C. 去除局部刺激物

    D. 定期复查

    E. 脱敏治疗

【答案】 E

【解析】 边缘性龈炎患者的控制菌斑治疗包括向患者解释病因,控制菌斑的重要性,具体指导控制菌斑的方法,去除局部刺激物和定期复查。

20. 用于左上 6 远中深刮的 Gracey 刮治应是

    A. 5/6 号

    B. 7/8 号

    C. 11/12 号

    D. 13/14 号

    E. 以上均不正确

【答案】 D

【解析】 Gracey1-2,Gracey3-4 适用于前牙及尖牙;Gracey5-6 适用于前牙、尖牙及前磨牙;Gracey7-8 适用于磨牙颊舌面及前磨牙的近远中面及颊舌面;Gracey9-10 适用于磨牙各面;Gracey11-12 适用于磨牙近中面及前磨牙近远中面;Gracey13-14 适用于磨牙远中面(前牙舌面也可用)。

21. 影响龈沟液量的因素有以下几个方面,除了

    A. 机械刺激

    B. 化学刺激

    C. 牙龈炎症

    D. 性激素

    E. 血液黏稠度

【答案】 E

【解析】 机械刺激、化学刺激、牙龈炎症和性激素可使龈沟液量增加。

22. 青少年牙周炎患者的龈下菌斑中,主要为

    A. 产黑素类杆菌和血链球菌

    B. 放线共生放线杆菌和嗜二氧碳杆菌

    C. 产黑素类杆菌和嗜二氧碳杆菌

    D. 产黑素类杆菌和放线共生放线杆菌

E. 血链球菌和放线共生放线杆菌

【答案】 B

【解析】 青少年牙周炎患者的龈下菌斑的成分与成人的慢性牙周炎大不相同,其优势菌为 G^- 厌氧菌。近来研究表明,主要的优势菌为放线共生放线杆菌（Aa）和嗜二氧化碳杆菌。

23. 目前控制菌斑最有效而切实可行的方法是

   A. 正确的刷牙和牙线等机械方法

   B. 化学药物

   C. 由医务人员进行洁治

   D. 提高机体防御能力

   E. 漱口

【答案】 A

【解析】 控制菌斑的方法有物理方法和化学抑菌法,其中,刷牙是清除菌斑的主要手段,正确的刷牙和牙线等机械方法是控制菌斑最有效而切实可行的方法。

24. 根面平整是为了

   A. 消除龈下牙石

   B. 消除龈下菌斑

   C. 消除病理性牙骨质

   D. 造成硬而光滑的根面

   E. 以上都对

【答案】 E

【解析】 根面平整是为了消除龈下菌斑,龈下牙石及病理性牙骨质,从而形成硬而光滑的根面。

25. 造成牙齿松动的原因有

   A. 牙槽骨吸收

   B. 牙周膜炎症

   C. 𬌗创伤

   D. 牙齿外伤

   E. 以上都对

【答案】 E

【解析】 造成牙齿松动的原因有牙齿外伤,牙槽骨吸收,𬌗创伤,牙周韧带的急性炎症(急性根尖周炎和牙周脓肿),牙周翻瓣术后,女性激素水平变化以及生理性或病理性牙根吸收。

26. ANUG 的主要致病菌

— 7 —

A. 厌氧性梭杆菌

B. 螺旋体

C. 中间型普氏菌

D. A+B+C

E. 以上都不对

【答案】 D

【解析】 ANUG(急性坏死溃疡性龈炎)的主要致病菌有厌氧性梭杆菌、螺旋体和中间型普氏菌。

27. 根面平整和牙周翻瓣术后最常见的愈合方式是

　　A. 结缔组织附着

　　B. 新附着

　　C. 骨性粘连

　　D. 长上皮贴合

　　E. 肉芽组织

【答案】 D

【解析】 根面平整和牙周翻瓣术后牙龈与牙结合的转归为两种形式:长结合上皮愈合和新附着,最常见的愈合方式是长结合上皮愈合(长上皮贴合)。

28. 关于使用免疫抑制药治疗天疱疮,下列描述正确的是

　　A. 可完全替代肾上腺皮质激素

　　B. 与肾上腺皮质激素联合使用会增加后者的副作用

　　C. 完全没有副作用

　　D. 是治疗天疱疮的首选药物

　　E. 与肾上腺皮质激素联合使用可减少后者的用量

【答案】 E

【解析】 肾上腺皮质激素是治疗天疱疮的首选药物,可适当选择免疫抑制药联合治疗,以达到减少肾上腺皮质激素的用量,从而降低副作用的目的。

29. 患者男,26岁,左上颌后牙疼痛1周,加重1天,能自己指出痛牙,自诉咬合时觉牙齿变长,咬紧牙齿的时候反而疼痛减轻,临床诊断可能是

　　A. 急性牙髓炎

　　B. 急性浆液性根尖周炎

　　C. 急性化脓性根尖周炎

　　D. 慢性根尖周炎

　　E. 慢性牙髓炎

【答案】 B

【解析】 疼痛加重 1 天,可定位,为急性根尖周炎的表现。咬合时自觉牙齿变长且咬紧时疼痛减轻,此为急性浆液性根尖周炎的表现。

30. 男 69 岁,左下后牙自发性疼痛 3 天,阵发性加重,跳痛,检查见左下第二前磨牙𬌗面深龋及髓,温度测试时最可能的反应是

    A. 热测引起剧痛

    B. 冷测引起剧痛

    C. 热测,冷测都无反应

    D. 热测引起剧痛,冷缓解疼痛

    E. 热测,冷测都反应迟钝

    【答案】 D

    【解析】 疼痛不能定位,且为阵发性加重的跳痛,并有深龋及髓的病因,最可能的诊断是急性牙髓炎,温度测试时患牙可出现"热痛冷缓解"。

31. 左上后牙区自发性放射状疼痛,常规检查后怀疑左上第一恒磨牙急性牙髓炎。医生做牙齿温度测试时候应该

    A. 先测左上第一恒磨牙

    B. 先测正常的左下第一恒磨牙

    C. 先测正常的右上第一恒磨牙

    D. 先测正常的右下第一恒磨牙

    E. 先测正常的右下第一恒前磨牙

    【答案】 C

    【解析】 对可疑牙进行温度测试前应选择同颌对侧正常牙为对照。

32. 患者两周前因为左下第一恒磨牙𬌗面深龋一次垫底树脂充填后,术后一直冷热刺激痛,叩诊(十),去除充填物仍未见穿髓孔,氧化锌丁香油糊剂安抚,仍然有冷热刺激痛不缓解,其原因可能是

    A. 洞形制备不当

    B. 充填材料刺激

    C. 有咬合高点

    D. 对牙髓的活力判断有误

    E. 腐质未去尽

    【答案】 D

    【解析】 去除充填物后安抚仍有冷热刺激痛,可排除 A、B、C、E。

33. 患者 22 岁,6 年前打篮球时碰伤下前牙,现发现牙齿变色,其诊断可能是

    A. 色素沉着

    B. 牙髓坏死

C. 牙髓变性

D. 牙本质染色

E. 以上都不是

【答案】 B

【解析】 患牙外伤史以及牙齿变色,最符合牙髓坏死的诊断。

34. 女孩6岁,下颌恒中切牙舌侧萌出2/3,下颌乳中切牙Ⅱ度松动,诊断为

A. 下颌多余牙

B. 下前牙拥挤

C. 下乳中切牙滞留

D. 下恒中切牙早萌

E. 下乳中切牙慢性根尖周炎

【答案】 C

【解析】 下颌中切牙在6～7岁萌出,患儿下颌中切牙在正常时间萌出2/3,下颌乳中切牙仍未脱落,可诊断为下颌乳中切牙滞留。

35. 患者一年来自觉左下后牙咀嚼不适求治,检查发现左下第二前磨殆面中央处见黑点,探无痛,右下同名殆面也见相同黑点,叩(十)松(一),未查见龋坏,出现该症状最有可能的原因是

A. 隐裂

B. 畸形中央尖

C. 血源性感染

D. 逆行性牙髓炎

E. 原因不明的牙髓坏死

【答案】 B

【解析】 畸形中央尖多对称发生于下颌前磨牙,尤其是下颌第二前磨牙,殆面中央尖磨损后可见黑点为髓角,可引起牙髓根尖周病的症状。

36. 女性20岁,诉咀嚼无力,口腔检查发现上颌第一磨牙颊侧牙周袋约6mm深,牙齿松动Ⅱ,口腔卫生尚佳,下前牙牙石(十),拟诊

A. 侵袭性牙周炎

B. 慢性龈炎

C. 单纯性牙周炎

D. 复合性牙周炎

F. 以上均不对

【答案】 A

【解析】 侵袭性牙周炎的特点为:主要发生于年轻人,女性多于男性。本病一

个突出表现是早期患者的菌斑牙石量很少,牙龈炎症较轻,但已出现深牙周袋,牙周组织破坏程度与局部刺激物的量不成比例。本病好发部位为第一恒磨牙和上下切牙,多为左右对称,早期出现牙齿松动和移位,病程进展快,有家族史。

37. 男,46岁,左上后牙突然肿起2天。2周前曾在牙周科刚结束龈下刮治治疗,急诊诊断为急性牙周脓肿,脓肿形成最可能的原因是

    A. 牙髓炎症

    B. 食物嵌塞

    C. 口腔卫生保持不良

    D. 牙周袋深处牙石未刮净

    E. 殆创伤

    【答案】 D

    【解析】 由于"2周前曾在牙周科刚结束龈下刮治治疗,急诊诊断为急性牙周脓肿"推断脓肿形成最可能的原因是牙周袋深处牙石未刮净。

38. 35岁男性,上腭部反复起疱半年,与进食无关。查体:硬腭前份可见一直径约1.0cm的鲜红糜烂面,边缘尚可见残留灰白色水疱壁,尼氏征阳性。临床诊断最可能的是

    A. 黏膜血泡

    B. 天疱疮

    C. 大疱性类天疱疮

    D. 良性黏膜类天疱疮

    E. 多形性红斑

    【答案】 B

    【解析】 尼氏征常出现于急性期的寻常型和叶型天疱疮,是比较有诊断价值的检查方法。但需注意的是,在急性期的类天疱疮和大疱型多型红斑,有时也可出现此征。

39. 不属于牙体急性损伤的是

    A. 冠折

    B. 磨耗

    C. 牙震荡

    D. 隐裂

    E. 嵌入性脱位

    【答案】 BD

    【解析】 磨耗和牙隐裂属于牙体慢性损伤。

40. 诊断根折最重要的检查方法是

A. 温度测试

B. X 线片

C. 牙髓电活力测试

D. 叩诊

E. 咬诊

【答案】 B

【解析】 X 线片检查是诊断根折的重要依据,但不能显示全部根折病例。

41. 关于根折治疗,以下说法正确的是

A. 根尖 1/3 折断,多只需要夹板固定,无需牙髓治疗

B. 根中 1/3 折断,多只需要夹板固定,无需牙髓治疗

C. 根上 1/3 折断,多只需要夹板固定,无需牙髓治疗

D. 根折陷于牙槽内时不利于愈合

E. 以上说法都错误

【答案】 A

【解析】 根中及根上 1/3 折断,若有牙髓炎症则需行牙髓治疗。

42. 下面有可能引起牙髓病的不包括

A. 外伤

B. 牙周炎

C. 龋病

D. 慢性咬合创伤

E. 氟牙症

【答案】 E

【解析】 氟牙症是慢性氟中毒的表现,是过多的氟进入机体损害釉质发育期牙胚的成釉细胞,是牙体发育中的结构异常,不是引起牙髓病的病因。

43. 隐裂牙在治疗的过程中特别要注意

A. 备洞充填

B. 降低咬合

C. 全冠修复

D. 根管治疗

E. 拔除隐裂牙

【答案】 B

【解析】 牙隐裂的主要病因是多种因素引起的过大殆力,因此治疗中应特别注意降低咬合以减小患牙所受的殆力。

44. 牙髓活力温度测试的中冷刺激是指

A. 低于 0℃ 的刺激

B. 低于 5℃ 的刺激

C. 低于 10℃ 的刺激

D. 低于 15℃ 的刺激

E. 低于 20℃ 的刺激

【答案】 C

【解析】 正常牙髓对冷、热刺激有一定的耐受阈,对 20～50℃ 的水一般无明显反应,10～20℃ 的冷水和 50～60℃ 的热水很少引起疼痛。故以低于 10℃ 为冷刺激,高于 60℃ 为热刺激。

45. 以下关于地图舌的说法错的是

A. 儿童多见

B. 好发于舌背、舌尖、舌缘部

C. 舌背丝状乳头和菌状乳头萎缩导致舌背光滑色红绛无舌苔

D. 变化的舌背丝状乳头增殖与萎缩

E. 又名游走性舌炎

【答案】 C

【解析】 地图舌损害区中间表现为丝状乳头萎缩,黏膜鲜红、充血、微凹,周边表现为丝状乳头增厚、呈黄白色带状或弧线状分布,宽约数毫米至 1cm 不等。

46. 下列选项中,哪一项不是疱疹样阿弗他溃疡的临床特点

A. 溃疡个数多

B. 溃疡直径一般小于 2mm

C. 口腔黏膜可见成簇小水疱

D. 溃疡深度较浅

E. 愈合后不留瘢痕

【答案】 C

【解析】 疱疹样阿弗他溃疡的特点为:溃疡多但分散,似"满天星";而疱疹性龈口炎可见成簇小水疱,临床上多见水疱已破溃形成融合糜烂面。

47. 患者男性,上前牙外伤,唇侧牙龈反复出现脓包一年。检查见左上 1 近中切角缺损,未见穿髓孔,探(一),松(一),唇侧牙龈见瘘道口,挤压时未见明显脓液流出,X 线片左上 1 根尖暗影,可能诊断为

A. 急性牙槽脓肿

B. 慢性牙髓炎

C. 牙龈炎

D. 慢性根尖周炎

E. 根尖囊肿

【答案】 D

【解析】 患牙有外伤史,唇侧有瘘管出现,无叩痛,X线片检查见根尖暗影,最符合慢性根尖周炎的诊断。

48. 患者左上颌牙咀嚼不适半年,两天来左上颌后牙区出现自发性剧烈,持续的跳痛,牙伸长感,不敢咬合,检查见左上颌 6 𬌗面深龋,无痛,Ⅱ度松动,叩(卌),根尖部牙龈微红,X线片示根尖有边界不清的透光区,拟诊为

   A. 慢性根尖周炎急性发作

   B. 急性牙髓炎

   C. 慢性牙髓炎

   D. 急性咬合创伤

   E. 以上都不是

【答案】 A

【解析】 患牙有深龋病因,出现自发性剧烈持续跳痛,牙有伸长感,且有剧烈叩痛等,为急性根尖周炎的表现;而 X 线片发现根尖有透光区,这是慢性根尖周炎引起的破坏,因此诊断为慢性根尖周炎急性发作。

49. 患者,女,47岁,半年前,患者右侧后牙咀嚼时偶有疼痛,尤其食辣椒时明显,无自发痛,查见患牙牙尖耸,牙龈略红肿,bop(+)。还应做哪项检查帮助确诊,除了

   A. 视诊、探诊

   B. 叩诊

   C. 咬诊

   D. X线片检查

   E. 电测试

【答案】 E

【解析】 电测试适用于判断牙髓状态,患者无牙髓疾病表现,不需要进行电测试。

50. 患者18岁,在治疗其他牙时,发现右上 2 畸形舌侧窝,深可卡探针,温度测试同对照牙。该牙的处理应为

   A. 不治疗

   B. 预防性充填

   C. 直接盖髓

   D. 活髓切断术

   E. 根管治疗

【答案】 B

【解析】 患牙有畸形舌侧窝,易引起牙髓根尖周感染,目前患牙无症状,最好行预防性充填。

51. 天疱疮患者的口腔黏膜和皮肤表面常常形成

    A. 张力性大疱

    B. 松弛性大疱

    C. 大血疱

    D. 成簇小水疱

    E. 散在小水疱

【答案】 B

【解析】 天疱疮的病理改变以上皮内棘细胞层松解和上皮内疱为特征,疱壁薄而透明,为松弛性大疱。

52. 氟防龋的最佳年龄为

    A. 从出生到死亡全程连续使用

    B. 从出生到死亡间断性使用

    C. 6 个月到 12 岁

    D. 6 个月到 18 岁

    E. 6 岁到 14 岁

【答案】 D

【解析】 6 个月到 18 岁这一阶段是乳牙萌出到恒牙完全萌出的阶段,该阶段使用氟化物防龋可有效防止龋病发生。

53. 属纯浆液腺的小涎腺是

    A. 唇腺

    B. 颊腺

    C. 味腺

    D. 磨牙后腺

    E. 腭腺

【答案】 C

【解析】 唇腺,颊腺等小涎腺多为混合腺,舌腺有浆液腺、黏液腺及混合腺三种,舌背轮廓乳头分布区域附近的舌肌纤维中有小的浆液性腺,称为味腺。

54. 地图舌患者可能有的症状是

    A. 自发痛

    B. 口干

    C. 冷热痛

D. 烧灼、刺激痛

E. 阵发性疼痛

【答案】 D

【解析】 地图舌一般无疼痛等不良感觉,但合并真菌、细菌感染伴发沟纹舌继发感染者,有烧灼样疼痛或钝痛。

55. 以下哪项不是扁平苔藓的病理表现

A. 上皮不全角化

B. 基底细胞液化变性

C. 黏膜固有层淋巴细胞带状浸润

D. 出现胶样小体

E. 胶原纤维变性

【答案】 E

【解析】 上皮不全角化,基底细胞液化变性,黏膜固有层淋巴细胞带状浸润为扁平苔藓的典型病理表现。棘层、基底层或固有层可见嗜酸性红染的胶样小体。而胶原纤维变性是盘状红斑狼疮的病理表现。

56. 下颌智齿冠周炎沿下颌支外侧面向后可形成

A. 翼颌间隙感染

B. 咽旁间隙感染

C. 颌下间隙感染

D. 口底蜂窝织炎

E. 咬肌间隙感染

【答案】 AE

【解析】 根据解剖结构的位置,炎症沿下颌支外侧或内侧向后扩散,可分别引起咬肌间隙、翼下颌间隙感染。

57. 牙槽骨的破坏方式是

A. 水平吸收

B. 垂直吸收

C. 凹坑状吸收

D. 反波浪状骨缺损

E. 以上全部

【答案】 E

【解析】 牙槽骨的破坏方式包括水平吸收,垂直吸收,凹坑状吸收及其他形式的骨变化。其他形式的骨变化其中包括牙间骨隔破坏下凹,而颊舌面骨嵴未吸收时,使骨嵴呈现反波浪形的缺损。

58. 某位点探诊深度为 5mm,结合上皮位于釉牙骨质界,其附着丧失为

    A. 2mm

    B. 5mm

    C. 7mm

    D. 3mm

    E. 没有附着丧失

【答案】 E

【解析】 该患者探诊深度为 5mm,但结合上皮仍位于正常的釉牙骨质界处,因此没有发生附着丧失。虽然探诊深度超过 3mm,只能称为龈袋或假牙周袋。

59. 与牙周病发生关系最密切的是

    A. 龈上菌斑

    B. 龈下菌斑

    C. 龈下非附着菌斑

    D. 龈下附着菌斑

    E. 软垢

【答案】 C

【解析】 龈下非附着菌斑位于龈下附着菌斑的表面,为结构较松散的菌群,直接与龈沟上皮或袋内上皮接触,与牙周炎发展关系密切,被认为是牙周炎的"进展前沿",毒力强,与牙槽骨的快速破坏有关。

60. 男 24 岁,右上 5 深龋及髓,3 天来自发性痛,阵发性加重,跳痛,温度测试时最可能的反应是

    A. 热测引起迟缓痛

    B. 冷测引起剧痛

    C. 热测无反应

    D. 冷测反应迟钝

    E. 热引起剧痛,冷缓解

【答案】 E

【解析】 患者为典型的急性牙髓炎症状,出现自发痛已有 3 天。如牙髓已有化脓或部分坏死,则患牙可表现为所谓的"热痛冷缓解"。

61. 牙龈健康时,正常的探诊力量,探针应止于

    A. 结合上皮中部

    B. 结合上皮根方的结缔组织中

    C. 结合上皮冠方

    D. 结合上皮与根面之间的牙面上

— 17 —

E. 牙槽嵴顶

【答案】 A

【解析】 组织学研究证明,用钝头的牙周探针探测健康的龈沟时,探针进入到结合上皮内 $1/3\sim1/2$ 处。当牙龈炎症时,探针尖端会穿透结合上皮而进入有炎症的结缔组织内。

62. 男,50岁,已诊断为慢性牙周炎,其治疗方案为首先进行基础治疗。下列做法中哪项是错误的

    A. 口腔卫生教育

    B. 洁治和根面平整

    C. 咬合创伤的牙进行调整

    D. 拔除无价值的患牙

    E. 必要时全身使用抗生素

【答案】 E

【解析】 牙周病的基础治疗内容较多,主要包括口腔卫生教育,菌斑控制,洁治术和龈下刮治术等。使用抗生素属于牙周病的药物治疗,不属于基础治疗。

63. 牙周疾患中,病变范围较广泛,发病主要与大量菌斑堆积有关,有附着丧失的应为

    A. 慢性边缘性龈炎

    B. 青春期龈炎

    C. 妊娠性龈炎

    D. 伴糖尿病的牙周炎

    E. 慢性牙周炎

【答案】 E

【解析】 与菌斑有关,又有附着丧失,是慢性牙周炎的典型症状。

64. 牙周疾患中,病变范围较广泛,牙周炎症状难以控制,易于发生牙周脓肿的是

    A. 慢性边缘性龈炎

    B. 青春期龈炎

    C. 妊娠性龈炎

    D. 伴糖尿病的牙周炎

    E. 慢性牙周炎

【答案】 D

【解析】 糖尿病本身并不引起牙周炎,而是由于该病的基本变化,如小血管和大血管病变、免疫反应低下、中性多形核白细胞功能低下等原因使患者常出现牙周

脓肿。

65. 牙周疾患中,好发于青少年,女性较多,无牙槽骨吸收的是

A. 慢性边缘性龈炎

B. 青春期龈炎

C. 妊娠性龈炎

D. 伴糖尿病的牙周炎

E. 慢性牙周炎

【答案】 B

【解析】 由于无牙槽骨吸收所以排除牙周炎,另青春期龈炎是受内分泌影响的牙龈炎之一,男女均可患病,但女性稍多于男性。

(66~67题共用题干)

患者,男,45岁,半年来左侧后牙咬合痛。检查发现左侧后牙无龋坏牙,左下 6 Ⅰ度松动,叩痛(+),冷(+),颊侧近中窄而深牙周袋 10mm,X 线片见左下 6 近中根管中下段突然均匀增宽,远中根牙槽骨未见吸收。

66. 最可能的诊断为

A. 牙周脓肿

B. 急性化脓性牙髓炎

C. 慢性溃疡性牙髓炎

D. 牙根纵裂

E. 急性根尖脓肿

【答案】 D

【解析】 X 线见患牙近中根管中下段突然均匀增宽,此为典型的牙根纵裂影像学表现。

67. 患牙的最佳处理方案是

A. 牙周刮治

B. 根管治疗

C. 牙半切术

D. B+C

E. 拔除患牙

【答案】 D

【解析】 患牙牙周病损局限,且患牙较为稳固,最好在根管治疗后行牙半切术。

35 岁男性患者,因右上后牙肿痛 3 天来就诊。查右上第一磨牙远中颈部龋深及牙髓,无探痛,Ⅲ 度松动,叩(卅),牙龈红肿,扣痛。有波动感,右面颊部轻度水肿,体温 38℃。

68. 该患者的诊断最可能为

A. 慢性根尖脓肿

B. 急性牙槽脓肿

C. 急性蜂窝织炎

D. 急性化脓性牙髓炎

E. 急性颌骨骨髓炎

【答案】 B

【解析】 患牙深龋穿髓,叩痛明显,松动明显,最符合急性牙槽脓肿的表现。

69. 引发该病的细菌多为

A. 金黄色葡萄球菌

B. 混合厌氧菌

C. 变形链球菌

D. 链球菌

E. 大肠埃希菌

【答案】 B

【解析】 根尖周的感染是以厌氧菌为主的混合感染。

(70～71 题共用题干)

患者女,33 岁,因左下牙肿痛不适,查体:左下 345 楔状缺损,左下 4 探及穿髓孔,叩(卅),Ⅰ 度松动。

70. 楔状缺损的病因可能是

A. 细菌作用

B. 牙颈部应力集中

C. 不良刷牙习惯

D. A+C

E. B+C

【答案】 E

【解析】 楔状缺损的病因有刷牙、牙颈部结构、酸的作用以及牙颈部应力集中区的牙体组织疲劳。

71. 主诉牙首要的处理方法是

A. 开髓引流

B. 树脂充填

C. 安抚治疗

D. 调𬌗

E. 以上皆是

【答案】 A

【解析】 患牙已探及穿髓孔,并有明显叩痛,已引起根尖周炎症状,需行根管治疗,首先开髓引流。

(72～74题共用题干)

女,14岁,前牙唇侧牙间乳头呈球状突起,松软光亮,局部牙石菌斑少,探诊无附着丧失。

72. 最可能的诊断是

A. 青少年牙周炎

B. 妊娠性龈炎

C. 药物性牙龈增生

D. 青春期龈炎

E. 牙间乳头炎

【答案】 D

【解析】 青春期龈炎发生于青春期少年的慢性非特异性龈炎,女性稍多,发生于有局部刺激物的部位,好发于前牙唇侧的牙间乳头和龈缘,前牙唇侧牙间乳头常呈球状突起,松软光亮。

73. 造成此患者牙龈肥大的可能原因是

A. 遗传因素

B. 吐舌习惯

C. 药物敏感

D. 上唇过长

E. 菌斑刺激

【答案】 E

【解析】 由于内分泌的改变,牙龈组织对少量的局部牙石菌斑刺激物产生明显的炎症反应。

74. 患者的治疗措施中不应包括

A. 改正不良习惯

B. 教正确的刷牙方法

— 21 —

C. 调解激素水平

D. 牙周基础治疗

E. 养成上下唇闭合习惯

【答案】 C

【解析】 患者的治疗措施包括牙周基础治疗,改正不良习惯(口呼吸),养成上下唇闭合习惯以及教正确的刷牙方法。

(75～77题共用题干)

患儿,女,1岁,因持续发热1周,口腔溃疡4天就诊。查体:口内黏膜广泛充血水肿,上颚和龈缘可见成簇针头大小的透明水疱,部分已破溃成为浅表溃疡。

75. 患儿最可能的诊断是

A. 白喉性口炎

B. 雪口病

C. 急性疱疹性龈口炎

D. 疱疹性咽峡炎

E. 疱疹样阿弗他溃疡

【答案】 C

【解析】 急性疱疹性龈口炎多发于6岁以下儿童,尤其是6个月至2岁更多。口腔黏膜广泛充血,上腭和龈缘成簇针头大小的透明水疱或糜烂面为其特征性临床表现。

76. 以下不属于本病的分期的是

A. 前驱期

B. 水疱期

C. 糜烂期

D. 结痂期

E. 愈合期

【答案】 D

【解析】 急性疱疹性龈口炎可人为分为四期:前驱期、水疱期、糜烂期、愈合期。因其糜烂位于口内湿润环境里,故不会形成痂壳,只可见到较厚假膜。

77. 以下哪项治疗措施不宜用于本病

A. 阿昔洛韦口服

B. 局部应用四环素糊剂

C. 中医中药治疗

D. 支持疗法

E. 氟康唑口服

【答案】 E

【解析】 本病为单纯疱疹病毒感染所致,而氟康唑为抗真菌药物,故不选用。

(78～80题共用题干)

25岁女性,1天前口腔剧烈疼痛,进食困难;手背及下肢对称出现水疱,疼痛剧烈,去年春季出现过类似病损。查体:口腔内大面积糜烂,覆盖较厚的灰白色假膜,手背及下肢皮肤可见对称性水疱,周缘充血,可见虹膜状红斑。

78.临床诊断最有可能是

　　A. 多形性红斑

　　B. 血管神经性水肿

　　C. 疱疹性龈口炎

　　D. 贝赫切特综合征(白塞病)

　　E. 系统性红斑狼疮

【答案】 A

【解析】 根据其病史较短,典型的虹膜状红斑,及口腔内大面积糜烂,可初步诊断。

79.采集病史时应重点了解

　　A. 月经是否规律

　　B. 家族史

　　C. 系统疾病史

　　D. 2次发病前是否服用或接触过同样的物质

　　E. 睡眠状况

【答案】 D

【解析】 该病病因不明,一般认为和过敏体质有关:如精神紧张的应激反应、寒冷刺激、进食鱼虾、接触花粉、应用某些药物等均可作为过敏原而引发此病。

80.关于该病的描述,不正确的是

　　A. 临床上多不能找出明确的发病诱因

　　B. 病损表现为红斑、丘疹、疱疹等多种形式

　　C. 任何年龄均可发病

　　D. 病情发展无自限性

　　E. 起病急

【答案】 D

【解析】 本病具有自限性,轻型者一般2～3周可痊愈,但重型或有继发感染

23

者,可延长至4～6周,但痊愈后可复发。

(81～83题共用题干)

患者因下前牙牙龈反复出现瘘管,X线片显示右下1根管钙化,根尖周暗影较大,经过多次正规根管治疗根管不通,拟行根尖手术。

81. 手术切口设计中错误的是
    A. 牙周组织的健康程度影响愈合
    B. 切口下方必须有骨组织支持
    C. 瓣膜蒂可小于游离端
    D. 切口不应通过骨隆突
    E. 切口边缘不能被撕裂
    【答案】 C
    【解析】 切口瓣膜蒂小于游离端会缺乏足够的血供,易发生坏死。

82. 下列说法错误的是
    A. 根尖切除的长度约为2mm
    B. 理想修复形式是牙根面形成硬骨板,与根周硬骨板相连
    C. 牙根断面为唇颊向斜面
    D. 倒充填术备洞深度约为1～2mm
    E. 玻璃离子水门汀可作为倒充填术的充填材料
    【答案】 D
    【解析】 正确倒充填术备洞深度应为3～4mm。

83. 拆线后患者复诊时间应为
    A. 1个月
    B. 6个月
    C. 12个月
    D. A+B
    E. B+C
    【答案】 E
    【解析】 术后6个月、1年定期常规拍摄X线片复查,比较骨质愈合情况。

(84～85题共用题干)

患者因右上后牙邻面龋银汞充填后出现咀嚼痛,自行服用抗生素后无好转,查体:叩(+),垂直叩诊较明显,充填体表面有亮点,冷(-),松(-),未查见悬突,对颌牙未见修复体。

84. 从患者的病史及查体分析,原因最可能为

    A. 牙龈乳头炎

    B. 充填时未垫底

    C. 流电作用

    D. 咬合高点

    E. 急性根尖周炎

    【答案】 D

    【解析】 充填物表面有亮点,有咀嚼痛,最可能的即是咬合高点。

85. 该患牙处理应为

    A. 观察

    B. 磨除咬合高点,观察

    C. 去旧充填物,改其他材料充填

    D. 开髓引流

    E. 去旧充填物,重新垫底,银汞充填

    【答案】 B

    【解析】 针对最可能的病因——咬合高点,相应的处理应为磨除咬合高点后观察。

(86~89 题共用题干)

    患者因深龋一次银汞充填后短期内出现冷热刺激痛,无自发痛。查体:充填物完好,叩(-),冷热测正常牙面时无痛,但测充填体处痛。

86. 最可能的原因是

    A. 备洞时刺激牙髓

    B. 充填时未垫底

    C. 流电作用

    D. 充填体悬突

    E. 充填体高点

    【答案】 B

    【解析】 患牙用银汞充填,测充填体处冷热刺激痛,最可能是充填时未垫底,刺激通过银汞传导导致充填处痛而正常牙面无痛。

87. 处理应为

    A. 观察

    B. 脱敏

    C. 去旧充填体,重新垫底充填

D. 牙髓治疗

E. 去旧充填体,改其他修复材料充填

【答案】 C

【解析】 针对最可能的病因,相应处理应为去除旧充填体后重新垫底充填。

88. 如充填后短期无症状,长时期后出现冷热刺激痛,偶有自发痛,可能的原因不包括

A. 未发现小的穿髓孔

B. 充填时未垫底

C. 继发龋

D. 牙髓情况判断不清

E. 充填体边缘不密合

【答案】 B

【解析】 充填时未垫底则患牙充填后即会出现症状。

89. 如诊断为慢性牙髓炎,处理应为

A. 观察

B. 脱敏

C. 安抚治疗

D. 开髓引流

E. 去旧充填体,改其他修复材料充填

【答案】 D

【解析】 慢性牙髓炎需进行牙髓治疗,第一步即是开髓引流。

(90~91题共用题干)

39岁男性,反复发作口腔溃疡20余年,多见于口角,下唇内侧,颊部,舌缘,每次发生1个或数个不等,近2年来发作较频繁,溃疡较大,疼痛较重,愈合时间长。查体:右侧颊部可见一直径2cm的溃疡,边缘整齐,底部微凹,基底稍硬,周边红肿,周围有数个直径为2~3mm的小溃疡呈卫星状分布。舌缘,口角区有瘢痕形成。

90. 根据病人的临床表现,最可能的诊断是

A. 轻型阿弗他溃疡

B. 重型阿弗他溃疡

C. 褥疮性溃疡

D. 癌性溃疡

E. 结核性溃疡

【答案】 B

【解析】 根据患者发作较频繁,溃疡较大,疼痛较重,愈合时间长的临床症状及临床检查所见的直径 2cm 的溃疡,边缘整齐,底部微凹,基底稍硬,周边红肿的特点,最可能的诊断应是重型阿弗他溃疡

91. 除上述部位外,此种损害还常发生于下列哪个部位

A. 软腭

B. 牙龈

C. 舌根部

D. 硬腭

E. 口角皮肤

【答案】 A

【解析】 阿弗他溃疡好发于角化程度较差的区域,如唇、颊黏膜,较少发于角化程度较高的黏膜,如牙龈、腭黏膜。

(92～94题共用题干)

60 岁男性,舌背白色斑块 1 年,无疼痛。查体:舌背中份可见 2cm×2cm 大小白色斑块,略高出黏膜表面,触之稍粗糙,周围黏膜未见明显异常。

92. 对该病的描述,不正确的是

A. 病理改变多有上皮异常增生

B. 分为均质型与非均质型两大类

C. 发病与吸烟有关

D. 除伴有溃烂时,一般无疼痛

E. 不会转化为癌

【答案】 E

【解析】 根据患者临床表现,应诊断为口腔白斑,而口腔白斑属癌前病变,有 3％～5％白斑患者发生癌变。

93. 下列治疗措施中,一般不应考虑的是

A. 维 A 酸软膏局部涂搽

B. 去除刺激因素

C. 口服维生素 A

D. 口服抗生素

E. 定期严密复查

【答案】 D

【解析】 口腔白斑病理变化为上皮增生,伴或不伴异常增生。治疗原则为消

斑,并密切观察,若有恶变倾向,及时手术。

94. 与该病同为癌前病变的是下列哪一项
    A. 口腔扁平苔藓
    B. 口腔白色角化病
    C. 白色海绵状斑痣
    D. 盘状红斑狼疮
    E. 口腔红斑病

【答案】 E

【解析】 癌前病变是指比一种正常组织发生癌变的可能性更大的,形态学上已有变化的组织,口腔白斑、口腔红斑属于癌前病变。

(95～96题共用备选答案)
    A. 唇疱疹
    B. 复发性阿弗他溃疡
    C. 疱疹性龈口炎
    D. 雪口病
    E. 手-足-口病

95. 新生儿口腔黏膜出现散在的色白如雪的柔软小斑点,可能的诊断是

【答案】 D

【解析】 雪口病即急性假膜型念珠菌口炎,可发生于任何年龄的人,但以新生婴儿最多见,特征性临床表现为:损害区黏膜充血,散在的色白如雪的柔软小斑点,稍用力可擦掉。

96. 口腔黏膜反复的出现孤立的、圆形或椭圆形的浅表溃疡

【答案】 B

【解析】 复发性阿弗他溃疡的特征性临床表现为:溃疡孤立,"红、黄、凹、痛",并具有复发性。

二、口腔外科学全真模拟试题解析

1. 近年的统计显示,我国唇腭裂的患病率大约有
   A. 0.6:1 000
   B. 1.6:1 000
   C. 2.6:1 000
   D. 1.0:1 000
   E. 2.0:1 000
   【答案】 B
   【解析】 该数据是一动态变化的数据,目前我国唇腭裂的患病率较为公认的是 1.6:1 000。

2. 婴幼儿唇腭裂整复术的麻醉最好选用
   A. 基础麻醉加眶下神经阻滞麻醉
   B. 双侧眶下神经阻滞麻醉
   C. 经气管插管的全身麻醉
   D. 经鼻腔气管插管的全身麻醉
   E. 基础麻醉
   【答案】 C
   【解析】 对于婴幼儿唇腭裂整复术,阻滞麻醉是不可行的,基础麻醉具有发生窒息的危险性,经鼻腔气管插管影响手术操作,因此,应选择经口腔气管插管的全身麻醉。

3. 关于阻生牙的叙述,错误的是
   A. 常见阻生牙为下颌第三磨牙及上颌前磨牙
   B. 阻力可来源于邻牙
   C. 阻力可来源于骨
   D. 阻力可来源于软组织
   E. 只能部分萌出或完全不能萌出
   【答案】 A
   【解析】 常见阻生牙为上下颌第三磨牙及上颌尖牙而非上颌前磨牙。

4. 慢性肝炎且肝功能有明显损害的患者,拔牙前必须加做的血液检查是

    A. 凝血时间

    B. 凝血酶原时间

    C. 出血时间

    D. 血小板

    E. 血块收缩时间

【答案】 B

【解析】 慢性肝炎且肝功能有明显损害的患者可因凝血酶原缺乏而导致术后出血,故拔牙前必须加做的血液检查是凝血酶原时间。

5. 以下哪种说法是正确的

    A. 轻度贫血一般不可以拔牙

    B. 血小板减少性紫癜患者拔牙前不用做特殊处理

    C. 拔牙前不用询问有无血友病史

    D. 血友病患者拔牙术前应补充Ⅷ因子

    E. 白血病患者拔牙不易引起感染

【答案】 D

【解析】 血小板减少性紫癜,应选择 PLT 计数,50×10^9/L 以上进行,并注意预防出血。白血病患者,急性期为拔牙禁忌证,慢性期,需在有关专家合作下进行,并注意预防感染及出血。血友病患者发病机制就是缺乏Ⅷ因子,因此术前应补充该因子。

6. 下列哪种种植体不是骨内种植体

    A. 螺旋种植体

    B. 二段式种植体

    C. 穿下颌骨种植体

    D. 骨膜下种植体

    E. 叶状种植体

【答案】 D

【解析】 A. B. C. E.均是骨内种植体而骨膜下种植体不进入骨内。

7. 以下哪项不是牙种植治疗的适应证

    A. 不愿邻牙作基牙者

    B. 游离缺失,要求固定修复者

    C. 全下颌活动义齿固位差者

    D. 严重的牙周病患者

    E. 对传统义齿修复不满者

【答案】 D

【解析】 严重的牙周病未得到控制之前牙种植失败的风险性很大。

8. 急性腮腺炎最常见的病原菌是

　　A. 金黄色葡萄球菌

　　B. 链球菌

　　C. 肺炎球菌

　　D. 文森螺旋体

　　E. 厌氧菌

　　【答案】 A

　　【解析】 急性腮腺炎最常见的病原菌是金黄色葡萄球菌,链球菌 和肺炎球菌较少见。

9. 最容易发生囊肿的唾液腺是

　　A. 腮腺

　　B. 颌下腺

　　C. 舌下腺

　　D. 唇腺

　　E. 腭腺

　　【答案】 D

　　【解析】 最容易发生囊肿的唾液腺是唇腺,因唇腺位置表浅易受牙齿的损伤而导致囊肿。

10. 易发生面瘫的肿瘤主要是

　　A. 混合瘤

　　B. 黏液表皮样癌

　　C. 腺泡细胞癌

　　D. 腺样囊性癌

　　E. 腺淋巴瘤

　　【答案】 D

　　【解析】 腺样囊性癌具有嗜神经浸润生长性,肿瘤易沿神经扩散,因此常有神经症状,如:疼痛、面瘫、舌麻木或舌下神经麻痹。最有可能导致面瘫。

11. 面部危险三角区内的感染处理不当可以引起

　　A. 急性根尖周炎

　　B. 鼻前庭炎

　　C. 尖牙凹感染

　　D. 角膜炎、结膜炎、眼睑炎

E. 海绵窦血栓性静脉炎

【答案】 E

【解析】 面部危险三角区内的静脉与颅内相通并且缺乏阻挡回流的静脉瓣，感染处理不当可以引起海绵窦血栓性静脉炎。

12. 下列间隙感染中何种最易导致呼吸困难

A. 眶下间隙

B. 翼颌间隙

C. 咬肌间隙

D. 下颌下间隙

E. 口底蜂窝织炎

【答案】 E

【解析】 口底蜂窝织炎，特别是由腐败坏死菌引起的，表现为软组织的广泛性水肿。口底黏膜出现水肿，如肿胀向舌根发展，则可出现呼吸困难，以至病人不能平卧，严重者烦躁不安，呼吸短促，口唇青紫，发绀，甚至出现"三凹"征。

13. 由于下颌骨的特殊解剖特点，下列哪种病变容易通过下颌管扩散，导致急性弥散性中央性颌骨骨髓炎

A. 溶解性边缘性骨髓炎

B. 根尖周致密性骨炎

C. 根尖脓肿

D. 黏膜下脓肿

E. 根尖囊肿

【答案】 C

【解析】 下颌骨由内外侧坚硬的皮质骨和中间相对疏松的松质骨组成，位于松质骨区域的根尖脓肿 最易通过下颌管扩散导致急性弥散性中央性颌骨骨髓炎。

14. 咬肌间隙感染，若未及时引流或引流不彻底，最常引起的并发症为

A. 败血症

B. 脓毒血症

C. 海绵窦血栓性静脉炎

D. 下颌升支边缘性骨髓炎

E. 下颌升支中央性骨髓炎

【答案】 D

【解析】 嚼肌间隙位于下颌升支外侧与嚼肌之间，其间隙感染首先侵犯下颌升支外侧而引起下颌升支边缘性骨髓炎。

15. 不属于口腔颌面部感染常见病原菌的是

A. 金黄色葡萄球菌

B. 溶血性链球菌

C. 大肠埃希菌

D. 铜绿假单胞菌

E. 阿米巴原虫

【答案】 E

【解析】 阿米巴原虫偶见于中枢神经系统皮肤或眼、肺、胃、肠和耳的寄生虫，不属于口腔颌面部感染常见病原菌。

16. 翼外肌功能痉挛的主要症状是

A. 疼痛和张口受限

B. 弹响和开口过大呈半脱位

C. 疼痛可有扳机点

D. 开口初期有弹响

E. 开闭、前伸、侧方运动的任何阶段有多声破碎音；开口形歪曲

【答案】 A

【解析】 翼外肌是属于张口肌群,痉挛的主要症状是疼痛和张口受限。

17. 上颌骨骨折后,骨折片移位,主要取决于

A. 骨折的类型和损伤力量的大小

B. 咀嚼肌肉的牵引作用

C. 骨折片上的牙是否存在

D. 骨折的部位

E. 患者的年龄和性别

【答案】 A

【解析】 上颌骨缺乏强大的肌肉附着,因此骨折片移位,主要取决于骨折的类型和损伤力量的大小。

18. 颌骨骨折最重要的临床体征是

A. 咬合关系错乱

B. 张口受限

C. 骨折段活动异常

D. 局部肿痛

E. 骨摩擦音

【答案】 A

【解析】 张口受限,局部肿痛在颌面部炎症及软组织损伤均可出现,而骨折段活动异常,骨摩擦音等症状非颌骨骨折所特有,咬合关系错乱则是颌骨骨折最重要

的临床体征。

19. 下列颌面部间隙中最容易并发骨髓炎的是

A. 颊间隙

B. 颞下间隙

C. 颞深间隙

D. 颞浅间隙

E. 颌下间隙

【答案】 C

【解析】 颞深间隙位于颞骨外侧和颞肌之间,其内感染可以导致颞骨骨髓炎。

20. 妊娠期妇女,必须进行牙拔除术者,最安全的时间是

A. 怀孕 1 个月时

B. 怀孕 3 个月时

C. 怀孕 5 个月时

D. 怀孕 7 个月时

E. 怀孕 9 个月时

【答案】 C

【解析】 妊娠期妇女必须进行牙拔除术者,最安全的时间是妊娠 4～6 个月。妊娠前 3 个月及 6 个月以后为易发生流产及早产的时期。

21. 关于下颌第一恒磨牙,错误的描述是

A. 拔除时以颊舌向摇动为主,最后向颊侧脱位

B. 多分为两根,即近中根和远中根

C. 两根的颊舌径较大彼此平行略向远中弯曲

D. 有时可分为 3 根,即远中根分为远中颊根及远中舌根

E. 患牙牢固时,可先用牙挺以颊舌侧骨板为支点挺松后再拔除

【答案】 E

【解析】 下颌舌侧骨板较薄弱,不足以为牙挺用力支点。

22. 患者晨起发现刷牙时右侧口角漏水,照镜发现右侧口角下垂、眼睑闭合不全。就诊后查体:右侧口腔颊、舌及口底黏膜较对侧干燥、无光泽;右侧舌前 2/3 味觉较对侧迟钝;听力较对侧差;Schirmer 试验发现右侧泪液分泌少于对侧。该患者面神经损害的部位可能在

A. 茎乳孔以外

B. 鼓索与镫骨肌神经节之间

C. 膝状神经节

D. 膝状神经节以上

E. 镫骨肌神经节与膝状神经节之间

【答案】 C

【解析】 泪液分泌减少是膝状神经节受损的表现。

23. 不属于下牙槽神经阻滞麻醉范围的是

A. 同侧下颌骨

B. 同侧下颌牙、牙周膜

C. 同侧前磨牙至中切牙唇(颊)侧牙龈、黏骨膜

D. 同侧下唇部

E. 同侧下颌磨牙颊侧牙龈、黏骨膜

【答案】 E

【解析】 下齿槽神经阻滞麻醉区域及效果:麻醉同侧下颌骨、下颌牙、牙周膜、前磨牙至中切牙唇(颊)侧牙龈、黏骨膜以及下唇部。颊长神经阻滞麻醉区域:同侧下颌磨牙的颊侧牙龈、黏骨膜、颊部黏膜、肌和皮肤可被麻醉。

24. 下列描述中,哪项是错误的

A. 所有骨折线上的牙,易引起骨折感染,均应拔除

B. 成人牙列中不松动的乳牙,下方无恒牙或恒牙阻生,不必拔除

C. 妨碍义齿修复的移位牙或错位牙,应拔除

D. 疑为某些疾病的病灶牙,应拔除

E. 放射治疗范围内的牙齿,放射治疗前 7～10 天可予拔除

【答案】 A

【解析】 颌骨骨折治疗时常利用牙作骨折段的固定,应尽量保存,即使在骨折线上的牙也可考虑保留。但如果骨折线上的牙已经松动、折断、龋坏、牙根裸露过多或有炎症者,则应予以拔出,以防止骨折感染或并发骨髓炎。

25. 口腔颌面部感染的最主要途径是

A. 腺源性感染

B. 损伤性感染

C. 医源性感染

D. 牙源性感染

E. 血源性感染

【答案】 D

【解析】 牙在解剖结构上与颌骨直接相连,牙髓及牙周感染可向根尖、牙槽突、颌骨以及颌面部蜂窝组织间隙扩散。由于龋病、牙周病、智齿冠周炎均为临床常见病。故牙源性途径时口腔颌面部感染的主要来源。

26. 关于中央性和边缘性颌骨骨髓炎比较,下列哪项是错误的

A. 中央性颌骨骨髓炎以弥漫型为主,而边缘性多为局限型

B. 中央性颌骨骨髓炎感染来源于根尖炎、牙周炎,而边缘性来源于下颌智齿冠周炎

C. 中央性颌骨骨髓炎可出现多数牙松动,边缘性无牙松动

D. 中央性颌骨骨髓炎病变多在下颌角,边缘性多在于下颌骨体

E. 慢性期,中央性颌骨骨髓炎可有大块死骨形成,边缘性则仅小死骨块甚至骨质增生硬化

【答案】 D

【解析】 中央型颌骨骨髓炎病变多在颌骨体,而边缘型颌骨骨髓炎多发生在下颌角及下颌支,很少波及下颌体。

27. 属于牙源性囊肿的是

A. 角化囊肿

B. 球上颌囊肿

C. 鼻唇囊肿

D. 鼻腭囊肿

E. 血外渗性囊肿

【答案】 A

【解析】 牙源性囊肿包括:根尖周囊肿、始基囊肿、含牙囊肿、牙源性角化囊肿。而球上颌囊肿、鼻腭囊肿、正中囊肿、鼻唇囊肿属于非牙源性。血外渗性囊肿主要为损伤引起骨髓内出血、机化、渗出后而形成的。

28. 舌癌多发于

A. 舌尖

B. 舌缘

C. 舌背

D. 舌腹

E. 舌根

【答案】 B

【解析】 舌癌多发生于舌缘,其次为舌尖、舌背。

29. 黏液表皮样癌发生部位最多的是

A. 舌下腺

B. 颌下腺

C. 腮腺

D. 腭腺

E. 磨牙后腺

【答案】 C

【解析】 黏液表皮样癌好发部位依次是:腮腺>腭腺>下颌下腺>磨牙后腺。

30. 牙拔除术时,当患者患有下列哪类疾病时,局麻药中应慎用肾上腺素

   A. 肿瘤

   B. 血友病

   C. 精神病

   D. 甲状腺功能亢进

   E. 肺结核

【答案】 D

【解析】 肾上腺素可引起心悸、头痛、紧张、恐惧、颤抖、失眠。甲状腺功能亢进的患者使用该药后,有可能诱发甲状腺危象。

31. 下列何种骨折最易伴发颅脑损伤

   A. 下颌骨骨折

   B. 鼻骨骨折

   C. 上颌骨 Le Fort Ⅰ型骨折

   D. 颧骨颧弓骨折

   E. 上颌骨 Le Fort Ⅲ型骨折

【答案】 E

【解析】 Le Fort Ⅲ型骨折,又称上颌骨高位骨折或颅面分离骨折。

32. 口腔颌面部损伤后伤口易受污染的原因是

   A. 面部是暴露部位

   B. 口腔颌面部腔窦多

   C. 口腔内有牙齿,牙齿携带大量细菌

   D. 口腔颌面部有口腔、鼻腔等,不能严密包扎敷料

   E. 口腔和鼻腔经常活动,不断获得新细菌种植

【答案】 B

【解析】 口腔颌面部腔窦多,有口腔、鼻腔、鼻窦及眼眶等。这些腔窦内存在着大量的细菌,如与伤口相通,则易发生感染。

33. 口腔颌面部损伤后,伤口愈合快,抗感染强是由于

   A. 神经分布细密

   B. 肌肉的功能活动

   C. 血液供应丰富

   D. 咀嚼运动的促进作用

   E. 伤口暴露容易清洁

【答案】 C

【解析】 由于血运丰富,组织抗感染与再生修复能力强,创口易于愈合。

34. 下列哪个部位的骨折最易引起呼吸道阻塞
    A. 颏部正中骨折
    B. 一侧颏孔区骨折
    C. 双侧颏孔区骨折
    D. 下颌角部骨折
    E. 髁状突骨折

【答案】 C

【解析】 双侧颏孔区骨折时,两侧后骨折段受升颌肌群牵拉而向前方移位,前骨折段则因降颌肌群的作用而向后方移位,可致颏后缩及舌后坠。从而引起呼吸道阻塞。

35. 一患者舌部裂伤,伴有邻近牙龈和口底黏膜裂伤,此时清创缝合时,哪一项是不正确的
    A. 应保持舌的纵行长度
    B. 缝合时应避免与口底黏膜和牙龈粘连
    C. 应用较粗的丝线
    D. 应先缝合口底裂伤
    E. 缝合时应距舌创缘稍远进针

【答案】 D

【解析】 舌部损伤,一般出血较多,应先缝合舌部伤口。

36. 患者男性,50 岁,左上颈包块 1 年,因无明显不适,未诊治。1 周前感冒后,包块增大,出现疼痛,检查见肿物位于胸锁乳突肌上 1/3 前缘,质软,有波动感,无搏动,穿刺有黄色清亮液体,此时最可能的诊断是
    A. 甲状舌管囊肿
    B. 囊性水瘤
    C. 神经鞘瘤
    D. 鳃裂囊肿
    E. 海绵状血管瘤

【答案】 D

【解析】 第二鳃裂囊肿常位于颈上部,大多在舌骨水平,胸锁乳突肌上 1/3 前缘附近。穿刺有黄色或棕色的清亮的含或不含胆固醇的液体。

37. 在处理局部麻醉注射后出现局部血肿并发症措施中,错误的是
    A. 立即压迫止血

B. 局部冷敷

C. 24h 内热敷

D. 24h 后热敷

E. 给予抗生素

【答案】 C

【解析】 局部血肿,24h 内冷敷起到止血的效果,24h 后热敷,起到消肿的目的。

38. 关于拔牙窝的处理,哪一项是正确的

A. 拔牙窝过高的牙槽中隔可待自行吸收

B. 扩大的拔牙窝需要压迫复位

C. 与黏骨膜相连的骨折片应及时取出

D. 滞留乳牙拔除后应彻底搔刮拔牙窝

E. 撕裂的牙龈出血应用碘仿纱条填压止血

【答案】 B

【解析】 过高的牙槽中隔、骨嵴或牙槽突骨壁,会妨碍创口愈合并引起疼痛,或妨碍义齿修复,应用咬骨钳修整。与黏膜相连的骨折片可以保留。乳牙拔出后如果搔刮牙槽窝会伤害下方的恒牙。撕裂的牙龈出血应缝合止血。

39. 新生儿化脓性颌骨骨髓炎治疗错误的是

A. 全身大量有效抗感染治疗

B. 给予必要的对症和支持疗法

C. 眶周、牙槽突或腭部形成脓肿,及早切开引流

D. 尽早取出死骨

E. 牙胚要尽量保留

【答案】 B

【解析】 因新生儿或婴幼儿上颌骨骨质较薄,骨质松软,死骨片均较小,往往可随脓液从瘘孔排除而自愈。如死骨较大不能排除,手术摘除也要尽量保守,仅摘除已分离的死骨;否则会加重颌骨破坏,影响颌骨发育,遗留颌面或牙颌系统畸形或咬合紊乱。

40. 关于翻瓣去骨拔除断根,错误的方法是

A. 瓣应足够大,使视野清楚

B. 瓣的基底部位应宽以提供充足的血运

C. 翻瓣时应将骨膜保留在骨面以防术后骨感染

D. 保证足够去骨间隙,防止去骨损伤软组织

E. 缝合后应保证切口下方有骨支持

【答案】 C

【解析】 翻瓣术时牙槽外科的基本操作之一。所谓"瓣"指的是由外科手术刀切开部分黏骨膜而行成已带蒂的软组织瓣。

41. 口腔颌面部贯通伤,应先缝合

    A. 颈部的创口

    B. 皮肤上的创口

    C. 面部的创口,以保证美观容貌的恢复

    D. 与口、鼻腔及上颌窦相通的创口

    E. 肌层,以保证面部肌肉的连续性,恢复表情功能

【答案】 D

【解析】 缝合伤口时,要先关闭与口、鼻腔和上颌窦相同的伤口。对裸露的骨面应争取用软组织覆盖。伤口较深者要分层缝合,消灭死腔。面部皮肤的缝合要用小针细线,创缘要对位平整,缝合后创缘要略外翻。

42. 舌损伤清创缝合中不应有的措施

    A. 尽量保持舌的纵长度

    B. 清除已大部分游离的舌体组织

    C. 采用较粗的丝线

    D. 进针点应离创缘稍远

    E. 进行宜深并做褥式加间断缝合方法

【答案】 B

【解析】 如离体组织尚完整,伤后时间不超过 6h,应尽量设法缝回原处,以减轻因组织丢弃给日后修复带来的困难。

43. 对上颌前牙进行钳拔脱位时,应先向

    A. 近中用力

    B. 远中用力

    C. 唇侧用力

    D. 腭侧用力

    E. 前下方用力

【答案】 C

【解析】 上颌前牙,唇侧骨板较薄,对上颌前牙进行钳拔脱位时,应先向唇侧用力。

44. 对下颌第三磨牙进行钳拔脱位时,应先向

    A. 颊侧用力

    B. 舌侧用力

C. 垂直用力

D. 近中用力

E. 远中用力

【答案】 B

【解析】 下颌第三磨牙,舌侧骨板较薄,应向舌侧多用力。

45. 早期腮腺黏液表皮样癌的治疗方法宜选用

A. 包膜外摘除肿瘤

B. 放疗

C. 肿瘤及腮腺摘除,保留面神经

D. 化疗加放疗

E. 肿瘤及腮腺摘除,不保留面神经

【答案】 C

【解析】 早期黏液表皮样癌一般属于高分化者,应尽量保留面神经,除非神经传入肿瘤或与肿瘤紧密粘连。

46. 一舌癌患者术后放疗致左下颌骨放射性骨髓炎,下述哪项治疗方法是不适当的

A. 全身抗炎和支持疗法

B. 局部低浓度 H_2O_2 或抗生素冲洗

C. 必须待死骨分离才能施行死骨切除术

D. 必须在健康骨质范围内施行死骨切除术

E. 高压氧舱治疗

【答案】 C

【解析】 放射性骨坏死或骨髓炎的死骨在分离前,为控制感染,对于已露出的死骨,可用骨钳分次逐步咬除,以减轻对局部软组织的刺激。

47. 一外伤患者右下第一、第二前磨牙间牙龈有撕裂,X 线片显示两牙间有一由后下至前上的单线骨折,骨折段的移位方向是

A. 前骨折段向下移位,后骨折段不移位

B. 前骨折段向上移位,后骨折段不移位

C. 前骨折段向下移位,后骨折段向上移位

D. 前骨折段向上移位,后骨折段向下移位

E. 前后骨折段都不移位

【答案】 C

【解析】 前骨折段受到降颌肌群的牵拉,向下移位。后段受到升颌肌群的牵拉,向上移位。

48. 一患者因右颌下区反复肿痛 10 年,进食后疼痛加重,颌下区可触及硬块,检查可及颌下腺导管沙砾样结石,其治疗宜采用

    A. 进食酸性食物

    B. 全身应用抗生素

    C. 理疗

    D. 导管结石摘除

    E. 下颌下腺摘除

【答案】 E

【解析】 首先结石位于腺体内部,手术取出不易,其次,腺体有硬块,说明腺体已纤维化,可考虑行腺体切除术。

49. 患者女性,20 岁,左舌下区浅蓝色肿物 1 年,将舌抬高,柔软,增大后破裂,流出蛋清样黏稠液,数日又长大如初,该患者的诊断可能是

    A. 口底黏液腺囊肿

    B. 舌下腺囊肿

    C. 口底皮样囊肿

    D. 囊性水瘤

    E. 下颌下腺囊肿

【答案】 B

【解析】 舌下腺囊肿单纯型,位于下颌舌骨肌以上的舌下区,由于囊壁菲薄并紧贴口底黏膜,囊肿呈浅紫蓝色,因创伤而破裂后,流出黏稠而略带黄色或蛋清样液体,囊肿暂时消失。数日后创口愈合,囊肿又长大如前。

50. 临床上涎石病最常见于

    A. 颌下腺腺体

    B. 腮腺导管

    C. 颌下腺导管

    D. 腮腺腺体与导管交界

    E. 以上都不是

【答案】 C

【解析】 涎石多发生于下颌下腺,是由于:①下颌下腺为混合型腺体,分泌的唾液富含黏蛋白,较腮腺分泌液黏稠,钙的含量也高出 2 倍,钙盐容易沉积。②下颌下腺导管自下向上走行,腺体分泌液逆重力方向流动。导管长,在口底后部有一弯曲部,导管全程较曲折,这些解剖结构均使唾液易于淤滞,导致涎石形成。

51. 颜面部疖痈的治疗主张

    A. 早期切开引流

B. 局部烧灼

C. 局部热敷

D. 保守治疗

E. 全身支持疗法

【答案】 D

【解析】 局部治疗易保守。避免损伤,严禁挤压、挑刺、热敷或用石炭酸、硝酸银烧灼,以防止感染扩散。

52. 智齿冠周炎常形成瘘道,其常见部位为

　　A. 第三磨牙颊部皮肤

　　B. 第二磨牙颊部皮肤

　　C. 第一磨牙舌侧牙龈

　　D. 第二磨牙颊侧牙龈

　　E. 第一磨牙颊侧牙龈

【答案】 E

【解析】 炎症沿下颌骨外斜线向前,可在相当于第一磨牙颊侧黏膜转折处的骨膜下形成脓肿或破溃成瘘。

53. 关于颞下颌关节紊乱病叙述错误的是

　　A. 是一组疾病的总称,多发于20~30岁的青壮年

　　B. 多因素理论被多数学者认同

　　C. 临床上三大主要症状为:下颌运动异常、自发性疼痛、弹响和杂音

　　D. 本病有自限性,一般不发生关节强直

　　E. 以保守治疗为主,遵循一个合理的合乎逻辑的治疗程序

【答案】 C

【解析】 主要症状为下颌运动异常、疼痛、弹响和杂音。一般无自发疼痛。

54. 全厚皮片包含

　　A. 表皮+真皮全层

　　B. 表皮+真皮+皮下组织

　　C. 表皮+真皮+肌肉+骨

　　D. 表皮+真皮最上层乳突层

　　E. 表皮+真皮大部分

【答案】 A

【解析】 表层皮片:表皮层和很薄一层真皮最上层的乳突层;中厚皮片:表皮及一部分真皮;全厚皮片:表皮及真皮全层。

55. 以下关于牙龈瘤的叙述哪项是错误的

A. 女性多见,与内分泌有关

B. 可以破坏牙槽骨壁

C. 病变涉及的牙齿需要拔除

D. 病变涉及的骨膜及邻近骨组织需要去除

E. 切除后不易复发

【答案】 E

【解析】 对于牙龈瘤的切除,必须彻底,否则易复发、一般应将病变所涉及的牙同时拔出。手术时,应在围绕病变蒂周的正常组织上做切口,将肿块完全切除,拔出波及的牙,并用刮匙或骨钳将病变波及的牙周膜、骨膜及邻近的骨组织去除。.

56. 以下关于双侧颞下颌关节急性前脱位的描述不正确的是

A. 下颌前伸,两颊变平

B. 耳屏前仍可触及髁突

C. 不能闭口,流涎

D. 前牙开𬌗、反𬌗,部分后牙接触

E. X线检查可排除髁突骨折

【答案】 B

【解析】 因髁突脱位,耳屏前方触诊有凹陷,在颧弓下可触到脱位的髁突。X线片可见髁突脱位于关节结节的前上方。

57. 患者女性,29岁,右上第二磨牙残根,慢性根尖周炎。拔除腭侧根过程中,牙根突然消失,捏鼻鼓气时拔牙窝内有气体溢出。如牙根取出后局部遗留较大的口腔上颌窦瘘,正确的处理方法为

A. 局部开放引流,Ⅱ期修复

B. 使血块充满拔牙窝

C. 填塞明胶海绵

D. 填塞碘仿纱条

E. 即刻行上颌窦瘘修补术

【答案】 E

【解析】 对于较小的上颌窦瘘,(2mm 左右),可以按照拔牙后常规处理,使牙槽窝内形成易高质量的血凝块,待其自然愈合。穿孔如为中等大小(2～6mm),亦可用上述方法处理,但最好在拔牙创表面加一8字缝合,一助于血凝块固位。穿孔若大于7mm,需用邻近骨膜瓣关闭创口。

58. 颌面外科医生检查牙齿时,最重要的是了解

A. 牙有无松动及松动原因

B. 上下牙咬合关系是否正常

C. 牙列有无缺失

D. 牙齿有无叩痛

E. 牙周深度

【答案】 B

【解析】 咬颌错乱在临床上常与颌骨骨折、颌骨畸形、颌骨肿瘤以及颞下颌关节病有关。

59. 上、下中切牙间距在 1~2cm 左右,称为

A. 轻度张口受限

B. 中度张口受限

C. 中、重度张口受限

D. 重度张口受限

E. 完全性张口受限

【答案】 B

【解析】 正常人张口度约三横指(3.7cm),轻度张口受限:二横指(2~2.5 cm);中度:一横指(1~2cm);重度:不足一横指(约 1cm 以内),完全张口受限,完全不能张口。

60. 拔牙创内的血液形成血凝块的时间一般为

A. 1min 左右

B. 5min 左右

C. 15min 左右

D. 30min 左右

E. 60min 左右

【答案】 C

【解析】 拔牙创内的血液约于 15min 左右形成凝血块而将创口封闭。此凝血块的存在有保护创口、防止感染、促进创口正常愈合的功能。

61. 患者,女,45 岁。由于天气闷热,风扇直对面部吹一上午。午睡后,刷牙时发觉口角漏水,含漱不便;照镜时发觉右侧口角下垂,左侧向上歪斜。其最可能的诊断是

A. 右侧中枢性面神经麻痹

B. 左侧核上性面神经麻痹

C. 右侧贝尔麻痹

D. 左侧贝尔麻痹

E. 右侧面肌痉挛

【答案】 C

【解析】 贝尔麻痹常在局部受冷风吹袭或着凉后发生,主要表现为:患侧口角下垂,健侧向上歪斜;上下唇不能紧密闭合,故发生饮水漏水、不能鼓腮、吹气等功能障碍;上下眼睑不能闭合;前额皱纹消失与不能皱眉。

62. 在面部,除血供特别丰富的部位外,随意皮瓣长宽之比通常不超过

  A. 1:1

  B. 2:1

  C. 2~3:1

  D. 4~5:1

  E. 5~6:1

【答案】 C

【解析】 随意皮瓣:在肢体或躯干,长宽之比 1.5:1,最好不要超过 2:1;在面部 2~3:1;在血供特别丰富的部位可达 4:1。

63. 慢性颌骨骨髓炎常有面部瘘管形成,并长期排脓或排出小块死骨块,例外的有

  A. 中央性颌骨骨髓炎

  B. 溶解性边缘性颌骨骨髓炎

  C. 放射性颌骨骨髓炎

  D. 增生性边缘性颌骨骨髓炎

  E. 婴幼儿上颌骨骨髓炎

【答案】 D

【解析】 增生性边缘性颌骨骨髓炎,病理组织学检查可见骨密质增生,骨松质硬化;骨膜反应活跃,有少量新骨形成。

64. 间隙感染脓肿形成后,下列间隙均可做下颌下缘下切口,除了

  A. 下颌下间隙

  B. 眶下间隙

  C. 翼下颌间隙

  D. 口底蜂窝织炎

  E. 咬肌间隙

【答案】 B

【解析】 眶下间隙感染脓肿形成后,按低位引流原则常在口内上颌尖牙及前磨牙唇侧口腔前庭黏膜转折处做切口。

65. 上颌骨骨折出现脑脊液鼻漏或耳漏时,下列哪种作法是错误的

  A. 用消毒棉球填塞鼻腔和外耳道

  B. 姿势引流

C. 用磺胺嘧啶或氯霉素预防感染

D. 耳鼻应该消毒并保持干净

E. 防止咳嗽和打喷嚏

【答案】 A

【解析】 如鼻孔或外耳道有脑脊液漏处,禁止做外耳道或鼻腔的填塞与冲洗,以免引起颅内感染。

66. 关于咬肌间隙感染下列说法错误的是

A. 感染多来自于下磨牙冠周炎和根尖周炎

B. 临床表现为下颌角区红肿痛

C. 常伴张口困难

D. 脓肿形成后常在下颌升支外侧触及波动感

E. 切开引流时做位于下颌角下缘下 1～2cm 的弧形切口

【答案】 D

【解析】 由于咬肌肥厚坚实,脓肿难以自行破溃,也不易触到波动感。

67. 关于刮匙的作用,错误的描述是

A. 刮除根尖炎性肉芽

B. 搔刮根尖瘘管

C. 刮净根尖脓肿脓液

D. 探查拔牙窝

E. 刮除异物

【答案】 C

【解析】 有急性炎症如根尖周炎时,一般不应使用刮匙;有脓时,亦不宜使用刮匙。以防造成根尖周的感染。

68. 鼻骨骨折后出现鞍鼻畸形主要见于

A. 打击力来自侧面且力量较小

B. 打击力来自侧面且力量较大

C. 打击力来自于正前方

D. 打击力直接打击在鼻根部

E. 打击力直接打击在鼻底部

【答案】 C

【解析】 鼻骨骨折的类型取决于打击力的性质、方向和大小。如受到正前方的暴力打击时,可发生粉碎性骨折及塌陷移位,出现鞍鼻畸形。

69. 患者,女性,55 岁。1 年来右眶上缘、鼻翼旁因触摸多次发生刀割样剧痛,每次最长持续约 2～3min,则该患者诊断可能为

A. 三叉神经第Ⅰ支痛

B. 三叉神经第Ⅱ支痛

C. 三叉神经第Ⅲ支痛

D. 三叉神经第Ⅰ、Ⅱ支痛

E. 三叉神经第Ⅱ、Ⅲ支痛

【答案】 D

【解析】 眶上缘是三叉神经Ⅰ支控制感觉,鼻翼是三叉神经Ⅱ支控制感觉。

70. 治疗失血性休克的根本措施为

A. 安静

B. 止血

C. 镇痛

D. 升血压药物

E. 补充血容量

【答案】 E

【解析】 抗休克治疗的目的在于恢复组织灌流量。创伤性休克的处理原则为安静,镇痛,止血和补液,可用药协助恢复和维持血压。对失血性休克则以补充血容量为根本措施。

71. 运送口腔颌面部损伤患者时,应首先注意

A. 保持呼吸道通畅

B. 保护颈椎

C. 防止头的摆动

D. 随时观察患者伤情变化

E. 及时采用脱水治疗

【答案】 A

【解析】 通常口腔颌面部损伤患者,可能会有颅脑损伤,异物阻塞呼吸道,组织异味等,如果伴有昏迷,很可能出现呼吸道不通畅而导致窒息。

72. 30 岁女性患者拔牙,用 2％利多卡因行下牙槽神经阻滞麻醉口内注射,注入 5ml 后,出现头晕、胸闷,面色苍白,四肢发冷,血压:110/70mmHg,脉搏:90/min,此时首先应考虑的是

A. 过敏反应

B. 中毒

C. 晕厥

D. 感染性休克

E. 心脑血管意外

【答案】 C

【解析】 晕厥是一种突发性,暂时性意识丧失。通常是由于一时性中枢缺血所致。临床表现:前驱症状有头晕,胸闷,面色苍白,全身冷汗,四肢厥冷无力,脉快而弱,恶心,呼吸困难。未经处理则可出现心率减慢,血压下降,短暂的意识丧失。

73. 一患者右耳前刀砍伤缝合后,局部肿大,穿刺有清亮液体,最可能的原因是

　　A. 组织活动出血

　　B. 淋巴管损伤

　　C. 腮腺腺体或导管损伤

　　D. 脑脊液漏

　　E. 与口腔相通

【答案】 C

【解析】 耳前的解剖结构有腮腺,腮腺导管,面横动脉等,有清亮液体,最大的可能性是唾液腺受损。

74. 患者男性,30 岁,术前诊断为舌下腺囊肿,应采取的手术是

　　A. 单纯舌下腺囊肿摘除术

　　B. 舌下腺和囊肿摘除术

　　C. 袋形缝合术

　　D. 颌下腺摘除术

　　E. 以上都不是

【答案】 B

【解析】 根治舌下腺囊肿的方法是摘除舌下腺,因为保留舌下腺,即使完整摘除整个囊肿以及囊壁,还是有很高的复发率。

75. 埋伏阻生牙拔除后为减轻术后水肿,在使用抗生素的同时,还可使用

　　A. 地塞米松

　　B. 阿司匹林

　　C. 青霉素

　　D. 红霉素

　　E. 替硝唑

【答案】 A

【解析】 地塞米松具有除水肿的作用。能够减轻术后局部水肿症状。

76. 一患者因智齿冠周炎反复发作,伴面颊瘘半年,下列治疗措施不恰当的是

　　A. 拔除阻生牙

　　B. 瘘管刮治术

　　C. 抗生素控制感染

D. 加强冲洗换药

E. 切开引流

【答案】 E

【解析】 由于已经形成面颊瘘,已经具有脓液引流的作用,因此,没有必要再造成其他的创伤。

77. 7岁患儿,右下中切牙乳牙滞留,松动Ⅲ度,拔牙时应用

A. 2%普鲁卡因浸润麻醉

B. 2%利多卡因浸润麻醉

C. 2%普鲁卡因阻滞麻醉

D. 2%利多卡因阻滞麻醉

E. 2%丁卡因表面麻醉

【答案】 E

【解析】 卡因易溶于水,穿透力强,临床上主要用做表面麻醉。患儿乳牙松动Ⅲ度,表面麻醉即可。

78. 患者男性,22岁,因右侧后牙隐痛不适4天,右侧面部肿胀2天求诊。查体:右侧下颌角处肿胀明显,局部压痛,皮温升高,波动感不显,牙关紧闭,口内右下颌第三磨牙初萌牙尖,牙冠大部分被牙龈覆盖,龈瓣充血水肿,龈瓣下有脓液溢出。此时不宜进行下列哪项操作

A. 血常规检查

B. 拔除右下颌智齿

C. X线检查

D. 口腔冲洗、含漱

E. 局部穿刺检查

【答案】 B

【解析】 现在属于炎症的急性期,如果拔除病灶牙,会导致感染扩散,从而引起菌血症以及创口久不愈合。

79. 对于拔牙创的处理,不正确的方法是

A. 拔除乳牙残根后彻底搔刮牙槽窝

B. 压迫缩小扩大的牙槽窝

C. 撕裂的牙龈组织应予缝合

D. 与骨膜牙龈相连的骨折片应复位保留

E. 刮净拔牙创内的肉芽及碎片

【答案】 A

【解析】 乳牙拔除后切忌搔刮牙槽窝,这样做很有可能会伤害下方的恒牙胚。

80. 腭裂患儿的正畸治疗是在

    A. 新生儿无牙期

    B. 乳恒牙交替期

    C. 恒牙列期早期

    D. 贯穿以上三个时期

    E. 成人期

【答案】 D

【解析】 新生儿无牙期正畸的目的是防止颌骨错位生长,乳恒牙交替期是为恒牙的正常萌出,恒牙早期是排齐牙列或者阔弓为牙槽突植骨做准备。

81. 腺淋巴瘤的临床特点是

    A. 多见于 40 岁以上的女性

    B. 最多见于腮腺的后下极部位

    C. 肿瘤质地硬

    D. 一般为单侧单发

    E. 无消长史

【答案】 B

【解析】 腺淋巴瘤的特点是:①多见于男性;②好发年龄 40～70 岁;③患者常有吸烟史;④有消长史;⑤多数位于腮腺后下极;⑥肿瘤成圆形或卵圆形,质地较软;⑦肿瘤成多发性。

82. 下列关于原发性三叉神经痛描述错误的是

    A. 中老年人多见

    B. 神经系统检查常有阳性体征

    C. 为阵发性电击样剧烈疼痛

    D. 历时数秒至数分钟,间歇期无症状

    E. 多单侧发病

【答案】 B

【解析】 原发性三叉神经痛系指无神经系统体征,而且应用各种检查并未发现明显和发病有关的器质性病变。

83. 鉴别中枢性面神经麻痹与周围性面神经麻痹的主要依据是

    A. 额纹是否消失、能否皱眉

    B. 眼睑能否闭合

    C. 能否耸鼻

    D. 能否鼓腮

    E. 有无口角歪斜

【答案】 A

【解析】 前额皱纹消失与不能蹙眉是贝尔面瘫或周围性面瘫的重要临床表现,也是与中枢性面瘫鉴别的主要依据。

84. 以下哪种肿瘤仅发生于颌骨

    A. 成釉细胞瘤

    B. 巨细胞瘤

    C. 骨化性纤维瘤

    D. 骨瘤

    E. 以上均不是

【答案】 A

【解析】 成釉细胞瘤是牙源性肿瘤,仅发生于颌骨。

85. 男性45岁,因右上颌肿物行右上颌骨切除+植皮术,术后所植皮片大部分坏死,遗留较大肉芽创面,准备再行皮肤移植消灭创面,此病例植皮时最好采用

    A. 中厚皮片

    B. 表层皮片

    C. 全厚皮片

    D. 皮瓣

    E. 带真皮下血管网的全厚皮片

【答案】 B

【解析】 表层皮片移植后生活力强,抗感染能力强,能生长在有轻微感染经过适当处理后的肉芽创面上。

三、口腔修复学全真模拟试题解析

1. 舌隆突的位置处于

    A. 切牙的舌面

    B. 上颌第一磨牙的舌面

    C. 位于前牙舌面颈 1/3 处

    D. 切牙和尖牙颈部舌侧的隆起

    E. 牙釉质的长形隆起

    【答案】 CD

    【解析】 前牙舌面近颈缘的半月形隆突起,称舌面隆突,系前牙的解剖特征之一。

2. 以下关于"根管口"的解释哪个是正确的

    A. 根管末端的开口处

    B. 髓腔的开口处

    C. 髓腔中根分叉的位置

    D. 髓室和根管交界的部分

    E. 根管最细的地方

    【答案】 D

    【解析】 根管口为髓室底上髓室与根管的移行处。

3. 正常覆𬌗为上切牙切缘盖过下切牙唇面的垂直距离

    A. 3mm

    B. 4mm

    C. 5mm

    D. 颈 1/3

    E. 切 1/3

    【答案】 E

    【解析】 上切牙盖在下切牙的切 1/3 之内,为浅覆𬌗,切 1/3～2/3 为中(度)覆𬌗,切 2/3 以上的为深覆𬌗。浅覆盖为正常覆盖。

4. 下面关于纵𬌗曲线的描述哪个是正确的

A. 牙列侧面观,连接前牙切缘和后牙颊尖的曲线

B. 纵𬤓曲线不分段,前后都一样

C. 上颌的纵𬤓曲线是"spee"曲线

D. 下颌的纵𬤓曲线称补偿曲线

E. spee 曲线和补偿曲线在形态上不协调

【答案】 A

【解析】 纵𬤓曲线:连接切牙的切缘、尖牙的牙尖、前磨牙的颊尖以及磨牙的近远中颊尖的连线。

5. 下列有关颏孔的描述,哪项是错误的

A. 位于下颌体外面

B. 位于相当于下颌第二前磨牙的下方或第一、二前磨牙的下方

C. 位于下颌骨上下缘中点略偏下

D. 距正中线约 2.5～3cm

E. 有颏神经血管通过

【答案】 C

【解析】 颏孔位于下颌体上下缘之间略偏上处。

6. 人类建𬤓过程是从

A. 恒切牙萌出时开始直到第三磨牙萌出才完成

B. 乳牙萌出时开始直到第三磨牙萌出才完成

C. 乳牙萌出时开始直到第二乳磨牙萌出才完成

D. 恒牙萌出时开始直到 18 岁才完成

E. 乳牙萌出时开始直到 18 岁才完成

【答案】 B

【解析】 新生儿口腔内没有牙齿,故无𬤓关系可言。乳牙陆续萌出后,逐渐建立乳牙𬤓关系,之后从 6 岁至 12 岁为混合牙𬤓期,至 12 岁左右,乳牙全部被恒牙替换,恒牙𬤓基本建成,直到第三磨牙萌出,完成建𬤓过程。

7. 下颌处于休息状态时,上下牙弓自然分开成一楔形间隙称

A. 颌间隙

B. 息止𬤓间隙

C. 𬤓高度

D. 颌间距离

E. 垂直距离

【答案】 B

【解析】 下颌姿势位时,上下牙均无接触,上下颌牙之间从前到后有一个楔形

间隙,前端大而后端小,称之𬌗间隙或息止𬌗间隙。𬌗间隙的前端上下切牙切缘之间的距离比覆𬌗小约 1～3mm。

8. 三角嵴是由

    A. 位于𬌗面的,两个牙尖上的斜面相交而成

    B. 位于𬌗面的,一个牙尖的两个斜面相交而成

    C. 牙冠的两个轴面相交而成

    D. 牙冠的三个面相交而成

    E. 由牙尖顶伸向牙颈部的纵行隆起构成

【答案】 B

【解析】 三角嵴(triangular ridge)为𬌗面牙尖两斜面边缘细长形的牙釉质隆起。每条三角嵴均由近中和远中两斜面汇合而成。

9. 下列哪项关于左上侧切牙金瓷冠牙体预备的要求是正确的

    A. 切端磨除 2mm

    B. 唇侧磨除 1mm

    C. 唇侧龈边缘在龈上

    D. 唇侧龈边缘位于龈沟底

    E. 牙体预备分次磨除

【答案】 A

【解析】 根据前牙金瓷冠牙体预备要求,肩台位置一般在龈缘下 0.5～0.8 mm,切端磨除 1.5～2mm。

10. 衡量一个牙是否为良好基牙的最重要的指标是

    A. 牙槽骨的量

    B. 牙槽骨的密度

    C. 牙周膜面积

    D. 牙根长度

    E. 牙根数目

【答案】 C

【解析】 基牙的牙周潜力主要由基牙的牙周组织和颌骨的健康状况决定,牙周膜起着重要的作用。临床上最常用的方法是用牙周膜面积大小评价基牙的支持力,选择基牙。

11. 固定桥最重要的支持基础是

    A. 牙周膜

    B. 牙槽骨

    C. 牙龈

D. 结合上皮

E. 黏膜

【答案】 A

【解析】 牙周膜内有本体感受器,能感知殆力的位置、大小和方向,并调控殆力以保护基牙。牙周膜的纤维组织是良好的应力缓冲结构,在牙根和牙槽骨之间起着缓冲作用。

12. 关于复合固定桥,错误的是

A. 含有两个以上基牙

B. 基牙数目多而分散,获得共同就位道较难

C. 有两种或三种基本类型的固定桥组合

D. 含有四个或四个以上的牙单位

E. 当承受殆力时,各个基牙的受力反应基本一致

【答案】 E

【解析】 复合固定桥的中间基牙由于位置的原因,不仅承受了较大的殆力,而且要求较高的固位力,对基牙的支持和固位要求均较高。

13. 倾斜基牙固定桥取得共同就位道的方法,错误的是

A. 正畸

B. 备牙

C. 改变固位体设计

D. 双套冠

E. 拔除倾斜牙

【答案】 E

【解析】 对于轻度倾斜的牙做基牙,可以在倒凹的一侧适当多磨除牙体组织以消除倒凹,或者适当改变就位道的方向。严重倾斜的基牙,最好先经正畸治疗改变牙长轴方向,对于预备时可能伤及牙髓的严重倾斜牙,可以先完成根管治疗后,通过制作内冠来改变轴向。

14. 选择固定桥基牙的最低限度是

A. 冠根比为1:2

B. 冠根比为2:3

C. 冠根比为1:1

D. 冠根比为2:1

E. 冠根比为3:2

【答案】 C

【解析】 临床冠根比例若能以1:2或2:3较为理想,冠根比为1:1时,是

选择基牙的最低限度,否则需要增加基牙。

15. 以下关于双端固定桥固位体的说法中错误的是
    A. 要有共同就位道
    B. 两端的固位体固位力要求基本相等
    C. 固位体固位力应与𬌗力大小相适应
    D. 共同就位道应与牙长轴平行
    E. 固位体固位力应与桥体跨度相适应
    【答案】 D
    【解析】 如果基牙轻度倾斜,可适当改变就位道的方向,不一定与牙体长轴平行。

16. 减轻固定桥桥体所受𬌗力的方法中错误的是
    A. 减少𬌗面颊舌径
    B. 扩大𬌗面舌外展隙
    C. 加深𬌗面颊舌沟
    D. 增加𬌗面副沟
    E. 脱离𬌗接触
    【答案】 E
    【解析】 如固定桥桥体脱离𬌗接触,会造成对颌牙伸长,影响患者牙列的健康,故不能采取该方式。

17. 固定桥粘固后短时间内出现咬合时疼痛,最可能的原因是
    A. 牙龈炎
    B. 根尖炎
    C. 咬合早接触
    D. 固位体边缘长
    E. 牙髓充血
    【答案】 C
    【解析】 多为早接触点引起创伤性牙周膜炎,经过调𬌗处理后疼痛会很快消失。

18. 可摘局部义齿的组成中不包括
    A. 人工牙
    B. 基托
    C. 固位体
    D. 预备体
    E. 连接体

【答案】 D

【解析】 可摘局部义齿一般由人工牙、基托、验支托、固位体和连接体等部件组成。

19. 一患者右上颌 8321 和左上颌 1268 缺失,前部牙槽嵴欠丰满,组织倒凹明显,双侧 67 无接触点、食物嵌塞此患者的牙列缺损分类为

   A. Kennedy 第一类一亚类

   B. Kennedy 第一类二亚类

   C. Kennedy 第三类一亚类

   D. Kennedy 第四类一亚类

   E. Kennedy 第四类三亚类

【答案】 C

【解析】 牙弓一侧后牙缺失,缺隙两侧都有天然牙存在,除主要缺隙外还有一个缺隙。

20. 金-瓷结合最主要的结合力为

   A. 机械力

   B. 化学力

   C. 范德华力

   D. 分子力

   E. 氢键

【答案】 B

【解析】 烤瓷合金在预氧化处理过程中其表面生成一层氧化膜,该膜与瓷产生化学结合,是金-瓷结合力的主要组成部分(占 52.5%)。

21. 下述牙根形态的生理意义中哪一点是错误的

   A. 根分叉越多,其支持作用越大

   B. 根分叉越宽,其支持作用越强

   C. 上颌切牙受向上向前的力,故唇面小于舌面

   D. 上颌磨牙舌尖受力最大,故舌根比颊根大

   E. 下颌磨牙牙根横截面呈葫芦形,有利于稳固

【答案】 A

【解析】 稳定的牙根与其形态密切相关,与根分叉数目关系不大。

22. 活髓基牙固定修复体戴用一段时间后,出现牙本质过敏现象,可能不存在的原因是

   A. 继发龋

   B. 牙龈退缩造成牙颈部暴露

C. 边缘粘结水门汀溶解

D. 慢性牙髓炎急性发作

E. 以上都不存在

【答案】 D

【解析】 固定修复体使用一段时间后出现遇冷热刺激疼痛,可能由于①基牙产生继发龋;②牙周创伤或牙龈退缩;③固位体适合性差,固位不良,修复体松动;④粘固剂质量差或粘固剂溶解等原因。

23. 固定修复体试戴时未完全就位,首先应检查

A. 是否邻接过紧

B. 组织面有无明显障碍

C. 预备体表面是否有倒凹

D. 软组织障碍

E. 基牙是否松动

【答案】 B

【解析】 固定修复体试戴时不可强行施压就位,应仔细检查,准确发现阻力点并适当修改,首先检查组织面有无铸造导致的高点。

24. 单侧游离缺失采用混合支持式活动义齿修复,应制取

A. 解剖式印模

B. 功能性印模

C. 无压力印模

D. 二次印模

E. 一次印模

【答案】 B

【解析】 印模时进行软组织功能性整塑,可以部分或较完全反映组织在功能活动时的情况,制作修复体的工作印模都要进行肌功能整塑。

25. 全口义齿修复时,采用哥特式弓描记的目的是

A. 确定正中关系位

B. 确定垂直距离

C. 确定息止颌位

D. 确定前伸颌位

E. 确定最大张口位

【答案】 A

【解析】 使用哥特式弓描记,当下颌前伸、侧方运动时,固定在上颌的描记针在下颌的描记盘上描绘出图形,当描记针指向该图形顶点时下颌恰好处于正中关

系位。

26. 患者无牙颌,下颌牙槽嵴低平,上颌颌弓小于下颌弓,制作传统全口义齿防止脱位应注意

A. 上、下人工牙应排列在牙槽嵴上

B. 下颌基托范围尽量伸展

C. 选用解剖式人工牙

D. 选用金属基托

E. 垂直距离适当降低

【答案】 B

【解析】 下颌基托伸展范围足够,有利于义齿获得更好固位,消除下颌牙槽嵴低平的不利影响。

27. 一患者活动义齿修复,出现摘戴困难,需调整的部位有

A. 𬌗支托

B. 卡环

C. 人工牙

D. 非倒凹区基托

E. 基牙

【答案】 B

【解析】 卡环过紧,义齿非弹性部分进入硬组织倒凹区,均可使义齿摘戴困难,可调整卡环,通过调整卡环,磨改进入倒凹区域的基托和人工牙,使摘戴顺利。

28. 以下对外展隙生理意义的阐述哪个是错误的

A. 保护牙槽骨和邻面

B. 咀嚼时排溢食物

C. 食物通过时摩擦牙面

D. 自洁作用

E. 扩展牙龈缘

【答案】 E

【解析】 在相邻牙正常接触区的周围均有呈 V 字形的空隙,称为楔状隙或外展隙。正常的牙邻接关系及外展隙的存在,可以防止食物嵌塞,免使龈乳头受压萎缩及牙槽突降低,还有利于排溢食物,食物通过时摩擦牙面也有自洁作用。

29. 以下有关上颌第一磨𬌗面形态的描述中哪个是错误的

A. 𬌗面中部凹陷成窝

B. 斜嵴将𬌗面分成近中窝和远中窝

C. 远中窝约占𬌗面的 1/3

D. 远中窝又名中央窝

E. 近中窝约占𬌗面的 2/3

【答案】 D

【解析】 上颌第一磨牙𬌗面中部凹陷成窝,由斜嵴将𬌗面分为近中窝及远中窝。近中窝较大,位于斜嵴与近𬌗边缘嵴之间,约占𬌗面近中的 2/3,又名中央窝;远中窝较小,位于斜嵴与远𬌗边缘嵴之间,约占𬌗面远中的 1/3。

30. 不属于 Spee 曲线特点的是

A. 为下颌牙列的纵𬌗曲线

B. 形成一条向下凹的曲线

C. 连接下颌切牙嵴、尖牙牙尖及前磨牙、磨牙的颊尖

D. 在切牙段较平

E. 自尖牙起向后逐渐降低,到第二磨牙远中颊尖处最低

【答案】 E

【解析】 连接下颌切牙的切缘、尖牙的牙尖、前磨牙的颊尖以及磨牙的近远中颊尖的连线为下颌牙列的纵𬌗曲线,又称 Spee 曲线。该曲线的切牙段较平直,从尖牙向后经前磨牙至第一磨牙的远颊尖逐渐降低,然后第二、第三磨牙的颊尖又逐渐升高。

31. 下列论述哪一项是错误的

A. 咀嚼力是咀嚼肌所能发挥的最大力

B. 𬌗是咀嚼时牙齿实际承受的咀嚼力

C. 最大𬌗力为牙周膜的最大耐受力

D. 第一磨牙𬌗力最大,侧切牙𬌗力最小

E. 各牙齿𬌗力大小的顺序不受年龄、性别影响

【答案】 E

【解析】 𬌗力的大小因人而异。同是一人,又依其年龄、健康状况及牙周膜的耐受力等而有所差异。如具有单侧咀嚼习惯者,咀嚼侧牙齿较非工作侧相应牙齿的𬌗力为大。

32. 氧化锌丁香油水门汀的性能特点是

A. 对牙髓有安抚作用

B. 不溶于唾液

C. 对牙髓有较强刺激作用

D. 抗压强度好

E. 可作为永久粘接使用

【答案】 A

【解析】 氧化锌丁香油水门汀对牙髓的刺激作用很小,对发炎的牙髓具有一定的镇痛和安抚作用。易溶于水和唾液。其压缩强度因不同类型而低至3～4MPa或高达50～55MPa。其粘接力主要是机械嵌合力,粘接强度较低,故不作为永久粘接使用。

33. 金属烤瓷修复体的烤瓷材料的热膨胀系数应该比烤瓷合金的热膨胀系数
   A. 略小
   B. 略大
   C. 一样
   D. 大小都可以
   E. 越大越好

【答案】 A

【解析】 若烤瓷的热膨胀系数大于金属的热膨胀系数,在烧结冷却过程中,烤瓷产生拉应力,金属产生压应力,此时在烤瓷层产生龟裂、破碎。反之,烤瓷的热膨胀系数小于金属时,两者界面的烤瓷侧产生裂隙,导致烤瓷层剥脱。两者热膨胀系数接近或相同时结合良好,但实际上这种状态往往难以达到。在一般情况下,烤瓷的热膨胀系数稍小于金属的热膨胀系数为宜。

34. 一患者戴用全口义齿一周,主诉左侧后牙经常咬颊,无其他不适。最可能的原因是
   A. 左侧后牙覆盖过大
   B. 左侧后牙覆盖过小
   C. 左侧后牙工作侧殆干扰
   D. 左侧后牙平衡侧殆干扰
   E. 右侧后牙平衡侧殆干扰

【答案】 B

【解析】 患者除咬颊以外无其他不适,可排除存在殆干扰。左后牙经常咬颊,最可能是因为左侧后牙覆盖过小,此时可磨改上颌后牙颊尖舌侧斜面和下后牙颊尖的颊侧斜面,加大覆盖,以解决咬颊现象。

35. 患者,男性,45岁,右侧下颌第一磨牙拔除后3个月,要求烤瓷固定桥修复,若经检查发现,患者口腔卫生较差,余留牙颊侧牙龈红肿,此时应该首选的治疗措施为
   A. 选色
   B. 全口洁治
   C. 预备基牙的颊侧面
   D. 预备基牙的殆面

E. 排龈

【答案】 B

【解析】 口腔卫生情况差的患者,采用固定桥修复缺失牙,修复后仍会牙垢沉积,菌斑集聚,容易引起牙齿龋病和牙周病,导致基牙牙周组织破坏,最终导致修复失败。因此,此类患者在选用固定桥修复时,必须进行牙周治疗。

36. 全口义齿稳定与哪些因素有关

A. 平衡𬌗

B. 磨光面形态

C. 人工牙排列位置

D. 基托材质

E. 牙槽嵴状况

【答案】 ABC

【解析】 全口义齿要保持稳定,需要从排牙、咬合关系、磨光面形态上注意,使其与唇、颊、舌肌肉功能运动协调。上下人造牙列应有均匀广泛的接触即平衡牙合。人造牙列应排在处于唇颊肌向内的力与舌肌向外的力大体相当的部位。基托磨光面应呈凹面,唇颊舌肌作用在基托上时能对义齿形成挟持力,使义齿更加稳定。

37. 全口义齿垂直距离过低的影响有

A. 面部下 1/3 高度变短

B. 面部表情紧张

C. 息止𬌗间隙减小

D. 咀嚼肌容易疲劳

E. 颊部软组织内陷

【答案】 AE

【解析】 全口义齿垂直距离恢复得过小将表现为面部下 1/3 的距离减小,唇红部显窄、口角下垂、鼻唇沟变浅、颏部前突。由于息止𬌗间隙偏大,咀嚼肌的紧张度减低,咀嚼时用力较大,而咀嚼效能较低。

38. 对患者咬合重建前,需要进行哪些治疗

A. 拔除不能保留的松动牙

B. 对保留的牙根进行根管治疗

C. 对无牙颌患者进行全口义齿修复

D. 龋病的充填治疗

E. 个别移位或错位牙可进行正畸治疗

【答案】 ABDE

【解析】 咬合重建前,应进行的治疗有:龋病的治疗:去除龋坏组织,完成充填治疗。牙周治疗:洁治,消除牙周袋。根管治疗:对经 X 线确定可以保留的牙根进行完善的根管治疗。拔牙:拔除过度松动牙、无利用价值的伸长牙及无法通过根管治疗而保存的残根。另外,个别移动或错位牙可进行正畸治疗。

39. 𬭩面盒形洞,一般应深入牙本质内

A. 0.2~0.5mm

B. 0.5~1mm

C. 1.0~1.5mm

D. 1.5~2.0mm

E. 2.0~2.5mm

【答案】 A

【解析】 洞底必须建立在牙本质上,这不仅保证了洞的深度,同时牙本质具有弹性,可更好的传递应力,一般要求在釉牙本质界下 0.2~0.5mm。

40. 按 Black 窝洞分类法第Ⅲ类洞为

A. 开始于窝沟的洞

B. 后牙邻面洞

C. 前牙邻面洞不包括切角

D. 前牙邻面洞包括切角

E. 牙齿唇、颊或舌面颈 1/3 的洞

【答案】 C

【解析】 Ⅰ类洞:为发生在所有牙面发育点隙裂沟的龋损所备成的窝洞。Ⅱ类洞:为发生在后牙邻面的龋损所备的窝洞。Ⅲ类洞:为前牙邻面未累及切角的龋损所备的窝洞。Ⅳ类洞:为前牙邻面累及切角的龋损所备的窝洞。Ⅴ类洞:所有牙的颊(唇)舌面颈 1/3 处的龋损所备的窝洞。

41. 可摘局部义齿修复后咬颊黏膜的处理方法中哪项不对

A. 加大后牙覆盖

B. 调磨过锐的余留牙牙尖

C. 适当升高𬭩平面

D. 调磨下颌人工后牙颊面

E. 加厚基托推开颊肌

【答案】 C

【解析】 由于上下颌后牙的覆盖过小,或由于缺牙后,颊部软组织向内凹陷,天然牙牙尖锐利都会造成咬颊黏膜。应加大后牙覆盖,调磨过锐的牙尖,加厚基托推开颊肌。

42. 固定桥戴用后引起龈炎的原因哪个不正确

   A. 固位体边缘不密合

   B. 龈组织受压

   C. 基牙负荷过大

   D. 食物嵌塞

   E. 粘接剂未去净

【答案】 C

【解析】 固位体边缘不密合,龈组织受压,食物嵌赛,粘接剂未去净均可能引起牙龈炎症,基牙负荷过大只会引起基牙疼痛等症状,不会引起牙龈炎症。

43. 当颌位记录时下颌前伸,在戴牙时,全口义齿前牙的𬌗关系表现

   A. 反𬌗

   B. 对刃𬌗

   C. 大超𬌗

   D. 深覆𬌗

   E. 正常覆𬌗

【答案】 C

【解析】 确定颌位关系时,如果患者做了前伸动作,而未被医师发现,戴义齿时下颌回到正中咬合位置,就会出现下颌义齿后缩现象,表现为大超𬌗。

44. 无牙𬌗牙槽嵴严重吸收的患者排牙时人工牙宜采用

   A. 解剖式牙

   B. 半解剖式牙

   C. 非解剖式牙

   D. 金属𬌗面牙

   E. 瓷牙

【答案】 BC

【解析】 根据牙槽嵴宽窄和高低来选择后牙的牙尖高低,牙槽嵴窄且低平者,选择牙尖低的半解剖式牙或非解剖式牙,并要减小颊舌径。牙槽嵴高而宽者,可选择解剖式牙。

45. 以下关于桩冠冠桩长度的说法中,哪项是不确切的

   A. 尽量长

   B. 达根长的 4/5

   C. 越长固位越好

   D. 至少等于冠长

   E. 根尖部保留至少 3mm 根充物

【答案】 B

【解析】 在其他条件相同的情况下,冠桩越长,其固位越好。为确保牙髓治疗的效果和预防根折,一般要求根尖部保留 3～5mm 的充填材料,冠桩的长度约为根长的 2/3～3/4。

46. 以下是金属烤瓷全冠的适应证,除了

A. 前牙四环素牙

B. 需作烤瓷桥固位体的基牙

C. 少年儿童恒前牙釉质发育不全

D. 前牙扭转不能正畸治疗者

E. 牙体缺损较大而无法充填治疗者

【答案】 C

【解析】 金属烤瓷全冠的适应证广泛,但少年儿童恒前牙髓腔宽大,髓角高,如做金属烤瓷全冠在牙体预备时易穿髓且儿童牙冠未完全萌出,颈缘尚不稳定。

47. 基托组织面不用做缓冲处理的部位是

A. 上颌结节颊侧

B. 上颌硬区

C. 下颌隆凸

D. 内斜嵴

E. 磨牙后垫

【答案】 E

【解析】 在牙槽嵴上有骨尖,骨棱,上颌隆突、上颌结节的颊侧、下颌舌隆突、下颌舌骨嵴处等骨质隆起等基托组织面须做缓冲处理。而磨牙后垫属于边缘封闭区,应具有良好的边缘封闭作用才能保证义齿的固位。因此,不能进行缓冲。

48. 某患者,左下 6 缺失,左下 567 烤瓷固定桥修复,1 个月后固定桥松动,最不常见的原因是

A. 基牙负荷过大

B. 固位体固位力不够

C. 牙体固位形差

D. 冠与基牙不密合

E. 基牙折断

【答案】 A

【解析】 左下 6 缺失为临床上较常见的一种牙列缺损,一般选择 7.5 做基牙的双端固定桥是合理的。修复完成后较短时间内出现固定桥松动,多与固位体固位力不够,牙体固位形差,冠与基牙不密合或死髓牙基牙折断有关。因此,在以上选

项中最不常见的原因即基牙负荷过大。

49. 左下 678 缺失,余留牙均正常的患者适合做哪种修复
   A. 固定义齿
   B. 可摘局部义齿
   C. 覆盖义齿
   D. 活动桥
   E. 即刻义齿
   【答案】 B
   【解析】 由于下颌 67 是牙列中承受𬌗力最大的牙,如果用 345 做基牙,其基牙的牙周膜面积总和也小于缺失的牙周膜面积总和,而且单端固定桥易受杠杆作用的影响,引起固定桥失败,因此,下颌 67 缺失不宜采用固定修复。

50. 男,15 岁,因外伤致前牙折断,检查 X 线片示已做完善根管治疗,叩(—),松(—),断面在龈上,此时最适宜做何种修复
   A. 金属全冠
   B. 塑料全冠
   C. 暂时全冠
   D. 烤瓷核冠
   E. 以上都不是
   【答案】 C
   【解析】 因患者未满 18 岁,牙齿尚未完全萌出,随着牙齿的萌出边缘线有可能出现在龈上。因此,此时宜做暂时全冠修复。

51. 男性患者,59 岁,上颌牙列缺失,下颌仅存右下 7,健康,近中舌侧倾斜,牙槽嵴丰满,上颌散在骨尖。颌间距离正常右下 7 最宜用哪种卡环
   A. 回力卡
   B. 杆形卡
   C. 对半卡
   D. 联合卡
   E. 圈形卡
   【答案】 E
   【解析】 圈形卡环多用于远中孤立的,向近中颊侧倾斜的上颌磨牙和向近中舌侧倾斜的下颌磨牙。回力卡环用于前磨牙或者尖牙作为末端基牙的游离缺失患者。对半卡环用于近中缺隙和远中缺隙均需要做义齿修复的孤立的前磨牙和磨牙。联合卡环用于相邻两个基牙邻颌面有间隙时。

52. 患者戴用全口义齿 1 周后,自述义齿易松动。在询问病史时,要着重问的是

A. 怎样松动

B. 松动程度如何

C. 何时义齿松动

D. 过去是否戴过义齿

E. 是否能吃饭

【答案】 C

【解析】 因义齿戴用后处于休息状态,张口、说话、打哈欠时或是咀嚼食物时出现的固位不良状态的原因不同,处理办法亦不同,因此,应询问病人何时义齿松动。

53. 患者戴用全口义齿1周后,如果病人说明仅在吃饭时义齿易掉,应该重点检查什么

A. 检查义齿的平衡𬌗

B. 检查基托边缘伸展

C. 检查人工牙的排列

D. 检查后堤区怎样

E. 检查系带是否让开

【答案】 A

【解析】 固位尚好,但在咀嚼食物时,义齿容易脱落,是由于𬌗不平衡,牙尖有干扰,使义齿翘动,破坏了边缘封闭造成的。因此,应检查义齿的平衡。

54. 全口义齿修复后,何种情况需重衬处理

A. 固位差

B. 前牙咬切功能差

C. 下颌隆突处压痛

D. 𬌗关系有误

E. 说话及打哈欠时义齿脱落

【答案】 A

【解析】 重衬是在全口义齿的组织面加上一层塑料,使其充满牙槽嵴及周围组织被吸收部分的间隙,使基托组织面与周围组织紧密贴合,增加义齿的固位力。

55. 全口义齿修复后,何种情况需修改义齿基托形态

A. 固位差

B. 前牙咬切功能差

C. 下颌隆突处压痛

D. 𬌗关系有误

E. 说话及打哈欠时义齿脱落

【答案】 E

【解析】 当口腔处于休息状态时,义齿固位尚好,但张口、说话、打哈欠时义齿易脱位,这是由于基托边缘过长、过厚,唇、颊、舌系带区基托边缘缓冲不够,影响系带活动。因此,须修改义齿基托形态。

56. 下列哪种情况下不宜设计Ⅰ杆

    A. Ⅱ型观测线基牙

    B. 远中游离缺失的基牙

    C. 患者口腔前庭深度不足

    D. 基牙下存在软组织倒凹

    E. 观测线较高

【答案】 CD

【解析】 由于Ⅰ杆是杆形卡环,其卡环臂尖是从牙龈方向进入倒凹区。因此,当患者口腔前庭深度不足或基牙下存在软组织倒凹时,不宜设计Ⅰ杆。

57. 一般情况下,要求全颌种植固定式义齿的种植体数目是

    A. 1~3 枚

    B. 4~6 枚

    C. 7~8 枚

    D. 越多越好

    E. 越少越好

【答案】 B

【解析】 全颌固定式义齿的种植体数目通常需要 4~6 枚达到良好骨整合的种植体,来支持上颌或下颌的全口义齿。受颌骨解剖条件与手术操作的条件限制,这些种植体往往为均匀分布在上下颌前半部。

58. RPD 中运用最广泛的冠外固位体是

    A. 卡环

    B. 3/4 冠

    C. 套筒冠

    D. 精密附着体

    E. 半精密附着体

【答案】 A

【解析】 RPD 中的直接固位体可分为两种类型:冠外固位体和冠内固位体。冠外固位体有三种基本类型:预成的附着体,如 Dalbo 附着体;弹性的卡或环铸或粘结于基牙牙冠表面的刚性部件上;卡环固位体,为最常见的冠外固位体。冠内固位体通常称为冠内附着体或精密附着体。

59. 下列哪一项不属于嵌体的牙体预备要求

A. 预防性扩展

B. 线角清晰

C. 邻面片切形

D. 3～3.5mm 洞缘斜面

E. 洞型无倒凹

【答案】 D

【解析】 嵌体的牙体预备要求包括：①无倒凹。②预备 45°洞缘斜面；邻面可作片切形。③辅助固位型,𬌗面嵌体洞型外展不超过 6°,预备洞型高度应在 2mm 以上以保证固位。

60. 桩核冠修复中,对残冠牙体的错误处理是

A. 平齐龈乳头连线截断

B. 去除薄壁

C. 去除无基釉

D. 去除腐质

E. 以上都对

【答案】 A

【解析】 桩冠修复的牙体预备只需要去除薄弱的,无支持的牙体组织。答案中 A 选项容易去除过多的牙体组织,从而使剩余牙体组织的抗力形和固位形均下降。

61. 桩核冠修复中,冠桩的要求哪一项不是

A. 根尖保留 3～5mm 的充填材料

B. 直径约为根径的 1/3

C. 冠桩的截面形态为圆形

D. 长度约为根长的 2/3～3/4

E. 以上都对

【答案】 C

【解析】 桩的截面形态决定于根的形态,口内不同牙位其根的横切面形态不同。

62. 全口义齿基托组织面应适当缓冲的区域不包括

A. 上颌硬区

B. 下颌隆突

C. 下颌舌骨嵴

D. 切牙乳头

E. 腭皱

【答案】 E

【解析】 上颌硬区又称上颌隆突,此处的黏膜甚薄,受压后易产生压痛;下颌舌骨嵴处表面黏膜较薄,其下方有不同程度的倒凹;切牙乳头下方为切牙孔,有鼻腭神经和血管通过;以上地方都需要缓冲,以防产生压痛。腭皱为上颌腭侧前部不规则的波浪形软组织横嵴,有辅助发音的功能,区无需缓冲。

63. 女,44岁,右下第一磨牙金属全冠修复后 4 个月,患牙出现酸甜刺激痛,X线检查未见异常,以下原因不可能的是

A. 创伤性咬合

B. 继发龋

C. 牙龈退缩

D. 修复体松动

E. 粘接剂溶解

【答案】 A

【解析】 患者表现为修复体戴用一段时间后的过敏性疼痛,多为继发龋、边缘粘接水门汀溶解或牙龈退缩引起。创伤性咬合多为急性牙周炎或根尖周炎表现,戴用较短时间后既可出现疼痛不适症状。

64. 男,23岁,上前牙固定桥修复一个半月后,桥体龈端与黏膜间出现约1.5mm间隙,最可能的原因是

A. 初戴时桥体龈端与黏膜有间隙

B. 拔牙创未完全愈合即行固定修复

C. 印模不准确

D. 模型变形

E. 牙槽嵴黏膜进一步萎缩

【答案】 B

【解析】 拔牙后,由于牙槽嵴的吸收与改建,一般建议拔牙创愈合 3 个月后进行修复治疗,否则由于牙槽嵴的吸收会造成修复体与黏膜之间的间隙。

65. 女性,61岁,上颌双侧磨牙缺失,双侧一、二前磨牙无松动,牙体牙髓及牙周未见明显异常,缺牙区牙槽嵴较宽大,黏膜未见异常。从保护基牙的角度,在第二前磨牙上,以下最适宜采用的设计是

A. RPA 卡环组

B. 远中合支托

C. 隙卡

D. 对半卡环

E. 套筒冠固位

【答案】 A

【解析】 对于肯氏一、二类缺损的义齿设计,应尽量采用保护基牙的方法。RPA/RPI 卡环组又称为功能性卡环,其优点为:可减小对基牙的扭力,且对基牙的远中龈组织不产生挤压作用。

66. 女性,64 岁,全口义齿初戴后 3 天,张口、说话时上颌义齿易脱位,但口腔处于休息时,义齿固位尚可,以下最不可能的原因是
    A. 基托边缘过长
    B. 人工牙排列位置不当
    C. 义齿磨光面外形不佳
    D. 印模不准确
    E. 颊系带处基托缓冲不足

【答案】 D

【解析】 义齿在口腔休息状态下固位尚可,在功能状态下固位不良,说明义齿的结构妨碍了口腔组织的功能性运动,这包括基托边缘、人工牙的排列位置等。如为答案中 D 选项的情况,则义齿在口腔休息状态下就应固位不良。

67. 多数前牙缺失的可摘义齿设计中,在牙弓的后段放置间接固位体,以对抗义齿的翘动。以下最合适的卡环设计是
    A. 间隙卡环
    B. 长臂卡环
    C. 回力卡环
    D. 对半卡环
    E. 双臂卡环

【答案】 A

【解析】 选项中除 A 项外,均为直接固位体。而间接固位体应为一个或数个支托及其支持性的小连接体。

68. 男性,36 岁,左下第一磨牙缺失,拟行固定义齿修复。为了减小基牙负担,以下措施中,不合适的是
    A. 减小桥体合面的颊舌径
    B. 适当降低桥体非功能尖的牙尖斜度
    C. 加深合面的颊舌沟
    D. 尽量减小桥体龈端与牙槽嵴黏膜的接触面积
    E. 扩大桥体与固位体间的殆外展隙

【答案】 D

【解析】 减小基牙负担,包括减小桥体殆面的颊舌径,适当降低桥体非功能尖的牙尖斜度,

扩大桥体与固位体间的殆外展隙,加深殆面的颊舌沟,以利食物溢出,桥体与黏膜接触的要求为:不压迫、能清洁。其接触形式和面积对减小基殆力负担没有作用。

69. 前牙 PFM 的肩台适应宽度为

    A. 0.5mm 左右

    B. 0.6～0.8mm

    C. 1.0～1.2mm

    D. 1.7～2.0mm

    E. 以上都不是

【答案】 C

【解析】 PFM 前牙的肩台适合宽度为 1～1.2mm。其中唇侧为 1mm 直角肩台,舌轴面为 0.5mm 宽的无角肩台。

70. PFM 比色时,应首选确定

    A. 色泽

    B. 明度

    C. 彩度

    D. 个性特征

    E. 半透明区的分布情况

【答案】 A

【解析】 PFM 比色的步骤为:①确定色调;②确定彩度;③确定明度及其部位;④确定特性色及其部位。

71. 关于后堤区下列哪项的描述是不正确的

    A. 后堤区由前向后逐渐变浅

    B. 宽度最大可达 4～5mm

    C. 位于前后颤动线之间

    D. 深度约 1.0～1.5mm

    E. 位于腭小凹后为 2mm

【答案】 A

【解析】 后堤区应由后向前逐渐变浅,其做法为在上颌工作模型上从腭小凹后 2mm 向两侧翼上颌切迹做连线,沿此线做 V 字形切迹,深度为 1～1.5mm,然后沿此切迹向前 5mm 范围内,将石膏模型部分刮除,越向前、越尽中线和牙槽嵴刮除越少。

72. 某男,30岁,要求固定修复 5⌋,检查 5⌉缺失, 4⌉残根,叫(+), 6⌉牙体缺损,叫(一),余牙无异常,临床上最有效,最常用的辅助检查是
   A. 制取研究模
   B. 肌电图检查
   C. 殆力检测
   D. X 线平片
   E. 牙髓活力检测

【答案】 D

【解析】 对于最终的修复形式,医生应结合患者的要求和口腔检查的结果来决定。题目中应确定基牙的牙髓,牙根及其牙周情况。选项中的辅助检查项目中,在临床上最有效和最常用的则是 X 线平片检查。

73. 根据保护牙髓组织健康的原则,烤瓷熔附金属全冠的永久粘固最好用
   A. 磷酸锌水门汀
   B. 聚羧酸水门汀
   C. 丁香油水门汀
   D. 化学固化树脂
   E. 光固化树脂

【答案】 B

【解析】 不同的粘结剂其用途不同,磷酸锌水门汀几乎不溶于水,但可被酸性物质溶解,因此长期在口腔环境中其可被逐渐溶解。可用于牙体缺损的暂时性和较长期的充填修复,粘结嵌体、冠、桥和正畸部件;聚羧酸锌水门汀具有较好的粘结性能和生物学性能,常用于固定修复如冠、嵌体、桥的粘结固位;丁香油水门汀易于溶于水和唾液,粘结强度低,且其对发炎的牙髓有一定的镇痛和安抚作用,因此其常用于暂时充填和粘固;化学固化和光固化树脂常用于龋洞的充填或成核材料。

74. 全冠修复体松动脱落的原因有
   A. 修复体固位不足
   B. 制作因素
   C. 创伤殆
   D. 备牙因素
   E. 材料因素

【答案】 ABCD

【解析】 全冠修复体松动脱落的原因很多,主要有修复体固位力不足、殆力过大、有创伤殆或边缘不密合而造成粘结水门汀溶解所致。与材料因素的关系不大。因此,基牙牙冠短,临床牙体制备不合要求及制作过程中误差过大常是全冠修复体

松动脱落的原因。

75. 理论上,全口义齿修复的最佳时机应在失牙后

    A. 1 个月

    B. 2 个月

    C. 3 个月

    D. 6 个月

    E. 1 年

【答案】 C

【解析】 因各种原因造成的牙齿缺失,牙槽骨在 3 个月左右吸收趋于稳定。因此修复的最佳时机应在失牙后 3 个月。

76. 全口义齿基托组织面应适当缓冲的区域不包括

    A. 上颌硬区

    B. 下颌隆突

    C. 下颌舌骨嵴

    D. 切牙乳头

    E. 腭皱

【答案】 E

【解析】 腭皱为致密的纤维结缔组织,其有辅助发音的功能,基托应与其紧密贴合。其余选项均为需要缓冲的区域,否则会有压痛。

77. 男性,60 岁,全口义齿初戴后 3 天,出现上颌右侧翼上颌切迹处黏膜溃疡,为缓解和消除该症状,应采取的措施是

    A. 修整上颌结节

    B. 磨短左侧翼上颌切迹处的基托

    C. 磨薄左侧翼上颌切迹处的基托

    D. 延长右侧翼上颌切迹处的基托

    E. 磨短右侧翼上颌切迹处的基托

【答案】 E

【解析】 根据题意可知患者患处症状是由于基托边缘过长所致,因此只需磨短此侧基托边缘即可。

78. 某患者,全口义齿初戴,发现下颌偏右后退约 4mm,无压痛及义齿无法就位等情况,首先应考虑的处理方法是

    A. 选磨调𬌗

    B. 重新进行全口义齿修复

    C. 磨改基托边缘

D. 等待患者适应

E. 基托重衬

【答案】 B

【解析】 患者出现此种情况,可能的原因是在记录颌位关系时,患者下颌向左前方偏斜,导致关系记录错误。因此只能重新进行全口义齿修复。

79. 某男,36 岁, 3| 缺失,要求固定修复,口腔检查：5421| 基牙,探诊(—),叩(—),余无异常.修复设计最合理的是

A. 5432| 双端固定桥

B. 543| 单端固定桥

C. 321| 单端固定桥

D. 4321| 双端固定桥

E. 432| 双端固定桥

【答案】 D

【解析】 口腔医生在任何情况下都应避免使用单端固定桥,除非能非常好的掌握其适应证。对于本患者,设计双端固定桥比较理想,由于 2| 其牙周膜面积最小,因此应设计 4321| 的双端固定桥,从而保证缺牙区两端的基牙固位力一致。

80. 某女,25 岁,因颞下颌关节紊乱就诊,在对其进行调𬌗时,不正确的是

A. 调𬌗应在疼痛得到缓解后进行

B. 使合力趋于轴向

C. 侧向运动时,平衡侧无接触

D. 前伸运动时,后牙无接触

E. 可以磨除工作牙尖高度,降低咬合垂直距离

【答案】 E

【解析】 咬合调整的原则便是尽量不磨除工作尖。选项 E 反而会加重患者的症状。

81. 60 岁,男性, 765|4567 缺失,行可摘局部义齿修复,为其取的印模应为

A. 一次性印模

B. 开口式印模

C. 功能性印模

D. 解剖式印模

E. 闭口式印模

【答案】 C

【解析】 此患者为肯氏Ⅰ类缺损,义齿在受力时有绕支点线下沉的可能,因此制取功能性印模,模拟黏膜在功能状态下的情况,从而减少义齿绕支点线下沉的可能性。

82. 某女,10岁因外伤造成 $\underline{1|1}$ 冠折,髓室暴露,叩(＋),余无异常,X线片显示根尖尚未完全形成。最佳处理方法是
   A. 拔除患牙后,固定义齿修复
   B. 拔除患牙后,种植义齿修复
   C. 拔除患牙后,可摘局部义齿修复
   D. 根管充填后,可摘局部义齿永久修复
   E. 根管充填后,暂时性桩冠修复

【答案】 E

【解析】 根据题意可知患者尚未成年,根尖及颌面部骨骼尚处于发育中。因此,应先治疗患牙,暂时修复。待其根尖及颌面部骨骼发育完成后再行永久修复。

83. 某女,80岁,上颌 $\underline{8+8}$ 缺失,下颌为天然牙列。2个月前某医生为其制作上颌全口义齿,近期出现上颌全口义齿沿腭中线折裂,其最可能原因是
   A. 𬌗力过大
   B. 前伸𬌗不平衡
   C. 侧方𬌗不平衡
   D. 横𬌗曲线不正确
   E. 纵𬌗曲线不正确

【答案】 A

【解析】 根据题意可知患者为单颌全口义齿修复,此类半全口常因下颌为天然牙列,𬌗力较大而易造成义齿基托折裂。

84. 下列哪种情况不宜使用金属全冠进行修复
   A. 固定义齿固位体
   B. 修改牙齿外形
   C. 恢复咬合
   D. 牙本质过敏
   E. 残根

【答案】 E

【解析】 金属全冠修复的适应证之一便是要有足够的剩余牙体组织从而为修复体及牙体预备体提供足够的固位型和抗力型。选项 E 的残根在牙根情况良好及

— 77 —

经过完善的根管治疗后为桩核冠修复的适应证。

85. 某患者,左下第一磨牙行铸造冠修复后不久,殆面穿孔,应该先如何处理
   A. 暂不予处理
   B. 予以拆除重做
   C. 调对殆牙
   D. 可按Ⅰ类洞直接在冠上行银汞充填
   E. 可按嵌体预备原则在穿孔处预备,以嵌体修复穿孔处

   【答案】 C

   【解析】 根据题意可知患者的咬合过紧,因此应调磨对颌牙齿,从而减轻其咬合时的殆力大小。

86. 一患者上颌局部义齿修复,义齿戴时,发现上腭后部弯制的腭杆离开腭黏膜 2mm ,处理方法是
   A. 不做处理,让患者把义齿戴走
   B. 腭杆组织面加自凝树脂重衬
   C. 腭杆组织面缓冲
   D. 取下腭杆
   E. 取下腭杆后,戴义齿取印模,在模型上重新加腭杆

   【答案】 E

   【解析】 根据题意可知义齿的腭杆变形,因此应重新制取印模。

87. 某患者行一全冠修复,试戴时冠完全就位且十分密合,经调殆无早接触后选择聚羧酸锌水门汀粘固,调拌粘固剂时粉液比例控制适当,按就位方向就位,殆面垫一棉卷,让患者紧咬 5 分钟,粘固完成后再次检查却发现咬合高,避免该问题在粘固前可采取何种措施
   A. 在粘固前将冠调至低
   B. 将粘结剂调稀些
   C. 将冠组织面或牙体组织面(均不包括边缘区)均匀磨去一小薄层
   D. 选用较厚的棉卷,嘱患者粘固时加力咬合
   E. 在牙体轴壁上预备一纵向小沟

   【答案】 E

   【解析】 出现此种情况是因为粘结剂无法溢出,从而导致牙冠粘接时未完全到位。因此,可以预备一纵向小沟充当粘结剂的溢出沟。

88. 关于黏膜支持式义齿,错误的是
   A. 由黏膜和牙槽骨支持
   B. 基托应尽量伸展

C. 基牙采用三臂卡固位

D. 用于缺牙多,基牙健康差者

E. 咀嚼效能差

【答案】 C

【解析】 黏膜支持式是可摘局部义齿的三种支持形式之一,其指完全由黏膜承担咀嚼压力。选项 C 则是指基牙支持式或混合支持式义齿。

89. 患者,1 周前因外伤折断前牙,已经过根管治疗。检查:A1 冠折,断面在龈上,无叩痛,无松动,牙片显示根充完善,无根折,该牙应在根管治疗后至少多长时间进行桩冠修复

A. 1 周

B. 1 个月

C. 3 天

D. 1 天

E. 2 周

【答案】 A

【解析】 在患牙进行完根管治疗后应常规观察 1 周,待患牙无症状时再行修复治疗。

90. 患者 C567 缺失,采用 RPI 卡环组,基牙预备时应预备

A. 近中𬌗支托凹,舌侧导平面

B. 近中𬌗支托凹,远中导平面

C. 远中𬌗支托凹,舌侧导平面

D. 远中𬌗支托凹,远中导平面

E. 近中𬌗支托凹,颊侧导平面

【答案】 B

【解析】 RPI 卡环是指近中𬌗支托,远中平面板及颊侧 I 卡。因此在牙体预备时应制备近中𬌗支托凹,远中导平面。

91. 患者,女,31 岁,A 区 6 因龋坏而拔除残根 2 个月,来诊要求修复失牙,检查A 区 5、7 位置正确稳固,情况良好。下列修复计划中,错误的是

A. 即刻义齿修复

B. 建议患者再隔 1 个月后,行固定义齿修复

C. 活动义齿修复

D. 隐形义齿修复

E. 种植义齿修复

【答案】 A

【解析】 即刻义齿(immediate denture)又称预成义齿,它是一种在病人口内天然牙尚未拔除前,预先做好,当牙齿拔除后立即戴入的义齿。由题目可知患者已无法行即刻义齿修复。

92. 下列哪种情况下不宜设计 I 杆

    A. Ⅱ型观测线基牙

    B. 远中游离缺失的基牙

    C. 患者口腔前庭深度不足

    D. 基牙下存在软组织倒凹

    E. 观测线较高

    【答案】 CD

    【解析】 当患者口腔前庭的深度不足时,或基牙龈方存在软组织倒凹妨碍杆状卡环应用时,建议使用 RPA 卡环。

93. 影响全口义齿在口腔中固位的有关因素除外

    A. 颌骨的解剖形态

    B. 唾液的质和量

    C. 基托的边缘伸展范围、厚薄和形状

    D. 合理的排牙

    E. 口腔黏膜的性质

    【答案】 D

    【解析】 根据固位原理,吸附力,大气压力等固位作用与基托面积成正比,颌骨的解剖形态直接影响到基托面积;唾液的黏稠度高,流动性小,量适宜可加强义齿固位;基托边缘在不妨碍周围组织正常活动的情况下,尽量伸展,获得良好的封闭作用;黏膜厚度适宜,有一定弹性和韧性,义齿边缘易良好封闭。

94. 可摘局部义齿不稳定的表现哪个是错误的

    A. 摆动

    B. 旋转

    C. 游离端基托翘起

    D. 义齿下沉

    E. 咀嚼效率低

    【答案】 E

    【解析】 义齿不稳定在临床上有下沉,翘起,摆动,旋转等现象。

95. 下面哪种是 Kennedy 第二类牙列缺损

    A. $\underline{3\,|\,3}$

B. 64|

C. 54|4

D. 621|678

E. □876□|□12678

【答案】 D

【解析】 肯氏二类牙列缺损为牙弓一侧后部牙缺失,远中为游离端,无天然牙存在。D为肯氏第二类第二亚类。

96. 活动髓牙牙体预备后,暂时冠用以下哪种粘固剂较好

    A. 磷酸锌水门汀

    B. 玻璃离子水门汀

    C. 丁香油糊剂

    D. 光固化树脂

    E. 不用任何粘固剂

【答案】 C

【解析】 A选项磷酸对牙髓刺激较大;B和D选项粘固力大,正式修复时暂时冠不好取出;E暂时冠在使用过程中易脱落;C选项对牙髓有安抚作用,粘固力较弱,适合暂时粘固。

97. 以下哪项是固定桥设计是否合理最重要的依据

    A. 基牙不松动

    B. 牙槽嵴丰满,牙龈健康

    C. 基牙负重力不超过基牙周组织最大承受力

    D. 桥体的长度强度合适

    E. 基牙牙冠有足够体积

【答案】 C

【解析】 固定义齿中固位体与桥体相连,通过连接体把桥体上负载的殆力传导到基牙牙周膜。基牙负重力超过牙周组织最大承受力,基牙受到创伤,松动,最终固定修复失败。ABDE为重要因素。

98. 某无牙颌患者,上下颌弓位置关系正常,牙槽嵴丰满,上颌相当于 |3 牙槽嵴唇侧尖锐骨尖。此患者在全口义齿修复前需进行

    A. 唇颊沟加深

    B. 上颌结节修整

    C. 唇系带修整

D. 牙槽骨修整

E. 颊系带修整

【答案】 D

【解析】 尖锐骨尖在义齿修复后易引起压痛,修复前可行牙槽骨修整术。手术尽量保存骨皮质,并基于对义齿的稳定,固位和功能有所帮助,义齿戴用后舒适和保存骨组织的原则。

99. 下面哪些解剖形态利于全口义齿固位

A. 槽嵴丰满

B. 牙弓宽大

C. 黏膜厚薄适宜

D. 系带附着位置距牙槽嵴顶远

E. 腭盖高耸

【答案】 ABCDE

【解析】 ABDE直接影响到基托面积,根据固位原理,吸附力,大气压力等固位作用与基托面积成正比。C黏膜厚度适宜,有一定弹性和韧性,义齿边缘易良好封闭。

100. 以下哪些方法可增强金合金瓷结合

A. 喷砂

B. 除气

C. 电解蚀刻

D. 预氧化

E. 涂遮色瓷

【答案】 ABD

【解析】 A使金属表面粗化,适度的粗糙金属表面可提高金瓷结合强度。B在真空高温下处理烤瓷基底冠,其目的是排出金属熔化时混入的气体,使非贵金属元素渗透到金属表面形成金瓷结合必需的氧化膜,适当降低表面的粗糙度,烧熔表面可能存在的杂质。D为在合金表面形成一层均匀一致的,厚度适宜的氧化膜,为金瓷的化学结合提供条件。

101. 以下关于全口义齿平衡𬌗的说法,正确的是

A. 髁导斜度增加,补偿曲线曲度减小

B. 髁导斜度增加,切导斜度增加

C. 髁导斜度增加,定位平面斜度增加

D. 髁导斜度增加,牙尖斜度减小

E. 以上都对

【答案】 C

【解析】 髁导斜度,切导斜度,牙尖斜度,补偿曲线曲度和定位平面斜度五因素中三个因素不变,其余两因素中一个因素增加,另一个因素按以下几个因素间关系变化规律而增加或减少。髁导斜度和切导斜度间为反变关系,补偿曲线曲度,牙尖斜度和定位平面斜度间为反变关系,而髁导斜度或切导斜度与其余任何一因素都是正变关系。

102. 男,46岁,右下第二磨牙缺失,余留牙健康,从保护组织健康的角度,以下
   设计中最不适宜是
   A. 种植固定义齿
   B. 种植覆盖义齿
   C. 套筒冠义齿
   D. 铸造支架可摘局部义齿
   E. 硬质塑料牙和塑料基托可摘局部义齿
【答案】 C
【解析】 套筒冠义齿固位体由内冠和外冠组成,内冠粘在基牙上,外冠和活动义齿的连成整体,通过内冠和外冠之间的嵌合作用产生固位力。基牙磨除量较大,从保护组织健康的角度,比 ABDE 不适宜。

103. 男,13岁,外伤致右上切牙缺失,余留牙无松动,牙体牙髓及牙周情况未见
   明显异常,以下处理措施较恰当的是
   A. 可摘局部义齿修复
   B. 3/4 冠固定桥修复
   C. 种植义齿修复
   D. 烤瓷全冠固定桥修复
   E. 暂不修复
【答案】 A
【解析】 可摘义齿局部修复,维持间隙,待患者成年颌骨生长发育完成后,可选择其他方式修复。

104. 男,62岁,双侧下后牙缺失,可摘局部义齿初戴后4天,咀嚼食物时义齿有
   转动现象,以下原因中最不可能的是
   A. 义齿与基牙间存在支点
   B. 基托不密合
   C. 间接固位体过多
   D. 人工牙排列不当
   E. 卡环设计不当
【答案】 C

【解析】 消除义齿转动性不稳定可在支点或牙弓对侧加间接固位体来抗衡，故选 C。ABDE 易形成支点，发生翘起，摆动和旋转等。

105. 男，26 岁，外伤致右上切牙冠横折，龈上残余牙冠高度 3mm，无松动，根长 13mm，咬合关系正常。可采取的最佳治疗方案是
    A. 保髓治疗后，牙本质螺纹钉＋树脂修复
    B. 根管治疗后，树脂核＋烤瓷全冠修复
    C. 根管治疗后，非金属全冠修复
    D. 根管治疗后，非贵金属桩核＋烤瓷全冠修复
    E. 根管治疗后，非金属桩＋树脂核＋全瓷冠修复

【答案】 E

【解析】 龈上残余牙冠 3mm 已露髓，根长 13mm，情况好，在根管治疗后行桩核冠修复。考虑前牙的美观，最好全选用非金属材料。

106. 男，63 岁，全口义齿初戴后 4 天，感觉下颌牙槽嵴普遍压痛，且咀嚼时义齿碰撞声较大，以下原因中最可能的原因是
    A. 左侧人工牙排列位置不当
    B. 右侧人工牙排列位置不当
    C. 垂直距离过大
    D. 垂直距离过小
    E. 双侧上颌结节和磨牙后垫处基托过厚

【答案】 C

【解析】 患者戴义齿后，感到下颌牙槽嵴普遍疼痛或压痛，不能坚持较长时间戴义齿，面颊部肌肉酸痛，上颚部有烧灼感。检查口腔黏膜无异常表现，这种情况多由于垂直距离过高或夜磨牙所致。

107. 瓷粉与烤瓷合金之间最大的结合力应是
    A. 压缩结合力
    B. 机械结合力
    C. 范德华力
    D. 化学结合力
    E. 粘结结合力

【答案】 D

【解析】 化学结合力是金瓷结合力中最主要组成部分，略占一半以上。

108. 不宜选做固定桥基牙的是
    A. 部分牙体缺损的牙
    B. 咬合接触过紧的牙

C. 冠根比例小于1∶1

D. 牙周炎治愈，Ⅰ度松动的牙

E. 根尖周炎治愈的牙

【答案】 C

【解析】 骨嵴以上暴露于口腔内的牙体变长，杠杆力臂延长，水平侧向破坏力加大。基牙理想冠根比2∶3，至少1∶1，并与对颌牙情况有关。ABDE通过一定的措施，仍可选为基牙。

109. 30岁女性要求前牙美白烤瓷冠修复。检查：全口牙为重度的四环素牙，并伴有釉质发育不全，余无异常。患者要求修复后，龈缘不能发黑，医生应该选择哪种合金

A. 金银钯合金

B. 银钯合金

C. 镍铬合金

D. 钴铬合金

E. 金铂合金

【答案】 E

【解析】 患者为年轻女性，且要求前牙美白修复和龈缘不能发黑，故烤瓷冠合金材料只能选择贵金属。不能选贱金属和半贵金属。

110. 一患者自诊左上后牙进食时，时有疼痛感，约有1个月。口腔内科诊断为 6｜ 牙隐裂。口腔修复科治疗会诊，应对该患者选择的最佳治疗方案为

A. 铸造全冠诊断性暂时修复

B. 塑料全冠诊断性暂时修复

C. 烤瓷全冠诊断性暂时修复

D. 不做任何处理

E. 以上均不是

【答案】 B

【解析】 局麻下备牙，暂时冠修复，观察，症状若无进一步发展，烤瓷全冠修复。症状若进一步发展，根管治疗后烤瓷全冠修复。暂时冠还可以在观察期间防止咬裂患牙。

111. 某儿童9岁， 1｜ 冠折1/3，无露髓，要求修复，X线片示牙根尖孔尚未形成，探（－），叩（－），最佳的修复方案是

A. 保存活髓，暂时修复，待成年后烤瓷修复

B. 根管治疗后桩冠修复

C. 直接烤瓷冠修复

D. 根管治疗后烤瓷桩冠修复

E. 以上均可

【答案】 A

【解析】 可行树脂充填修复,尽量保存根髓,诱导牙根尖孔形成,待成年颌骨发育完全后行烤瓷修复。

(112～113题共用题干)

患者,男,30岁,3个月前因外伤一前牙脱落,有临时活动义齿修复,现要求固定修复。口腔检查:缺失,间隙可,牙槽嵴无明显吸收,近中切角缺损,叩(一)无松动,牙冠正常,叩(一),X线片,行完美根管治疗,全身状况良好。

112. 如果选用全瓷冠固位体,牙体预备要求是

A. 唇侧磨除 1mm

B. 唇侧龈边缘齐龈

C. 切端磨除 2mm

D. 舌侧磨除 0.5mm

E. 以上都不是

【答案】 C

【解析】 全瓷冠牙体预备,切端/𬌗面应开辟出 1.5～2.0mm 的间隙以保证切端的强度和美观。

113. 如果选用了双端固定桥,固位力强的方式是

A. 两侧基牙均为全冠固位体

B. 一侧基牙为全冠,一侧为 3/4 冠

C. 一侧基牙为全冠,一侧为粘结固位体

D. 一侧基牙为全冠,一侧为开面冠

E. 以上都不是

【答案】 A

【解析】 双端固定桥的两端基牙固位力应基本相等,使用全冠是固位力最强的方式。

(114～117题共用题干)

患者,男,70岁,戴用全口义齿2天后,复诊说义齿易脱落,要求治疗。

114. 病史中应重点询问

A. 是否戴过义齿

B. 什么情况下出现脱落

C. 能否使用

D. 是上颌还是下颌义齿易脱落

E. 每天戴用的时间

【答案】 B

115. 检查时,首要步骤是什么

A. 未咬合状态下,固位力状况

B. 咬合是否稳定

C. 大张口,是否脱落

D. 咀嚼食物

E. 面容是否自然

【答案】 A

116. 如果患者轻微开口时,上颌义齿易脱落,应重点检查

A. 后堤区封闭状况

B. 人工牙排列状况

C. 上颌牙槽骨吸收状况

D. 上、下颌间咬合状况

E. 上颌结节是否避让

【答案】 A

117. 如果患者是在咀嚼时,上颌义齿出现脱落,应重点检查

A. 义齿边缘封闭成不密贴

B. 义齿两边翘动

C. 义齿是否为平衡𬌗

D. 后堤区封闭状况

E. 上颌牙槽骨吸收状况

【答案】 C

【解析】 询问病史时应首先询问何种情况下义齿易出现脱落,因为不同情况的义齿脱落其原因不同。如果口腔处于休息状态时义齿容易松动脱落,这是由于基托组织面与黏膜不密合,或基托边缘伸展不够,边缘封闭作用不好造成。若休息时固位尚好,但张口、说话、打呵欠时义齿易脱位,这是由于基托边缘过长、过厚,唇、颊、舌系带区基托边缘缓冲不够,影响系带活动;人工牙排列的位置不当,排列在牙槽嵴顶的颊侧或舌侧,影响周围肌肉的活动;义齿磨光面外形不好造成的。如果固位尚好,但在咀嚼食物时义齿容易脱位,这是由于𬌗不平衡牙尖有干扰,使义齿翘动、破坏边缘封闭造成的。

四、口腔正畸学全真模拟试题解析

（1～5 题共用题干）

患者，女，19 岁，颏部发育差，唇前突闭合不全，覆盖 10mm，磨牙完全远中关系，前牙深覆𬌗，ANB 10°，上前牙前突，牙列无拥挤，4 个第三磨牙牙胚不存在。

1. 对此患者诊断为

   A. 单纯的牙列重度拥挤

   B. 安氏Ⅰ类错𬌗

   C. 安氏Ⅱ类 1 分类

   D. 安氏Ⅲ类错𬌗

   E. 单纯的前牙深覆𬌗

   【答案】 C

   【解析】 该患者磨牙完全远中关系，前牙深覆𬌗、深覆盖，ANB＞3°应诊断为安氏Ⅱ类 1 分类。

2. 要达到完善的矫正效果应采取下列哪项方案

   A. 骨骼的矫形治疗

   B. 口腔正畸与正颌外科

   C. 正颌外科

   D. 功能性矫治器

   E. 常规固定正畸治疗

   【答案】 B

   【解析】 该患者Ⅲ度深覆盖（＞8mm），ANB10°，唇前突闭合不全，说明上下颌骨矢状向的差异较大；上前牙前突，牙列无拥挤，则可能存在上颌骨发育过度和（或）上牙弓前移；颏部发育差，则可能有下颌骨发育不足；该患者 19 岁女性，颌骨的生长发育基本完成，若要达到完善的矫正效果需正畸和正颌外科手术联合治疗。

3. 本患者可能的错𬌗类型是

   A. 安氏Ⅱ类错𬌗，上颌前突

   B. 安氏Ⅱ类错𬌗，下颌后缩

   C. 安氏Ⅲ类错𬌗

D. 深覆𬌗

E. 安氏Ⅱ类错𬌗伴有上颌前突，下颌后缩

【答案】 E

【解析】 见43题解析。

4. 若采用常规固定正畸治疗对此患者的拔牙设计为

A. 拔除4个第一前磨牙

B. 拔除4个第二前磨牙

C. 拔除2个上颌第一前磨牙和两个下颌第二前磨牙

D. 拔除2个上颌第二前磨牙和两个下颌第一前磨牙

E. 拔除2个上颌第一前磨牙

【答案】 E

【解析】 正畸代偿性矫治的目的应为内收上前牙，减小覆𬌗覆盖。该患者上前牙前突，牙列无拥挤，覆盖10mm。要达到正常覆𬌗覆盖上前牙要内收7～8mm，需拔除两个上颌第一前磨牙；成人，磨牙完全远中关系，下牙弓又无拥挤，则可维持磨牙的完全远中关系，下牙弓不需拔牙。

5. 若采用常规固定正畸治疗，要使用下列哪项措施

A. 垂直开大曲

B. 扩大螺旋簧

C. Ⅱ类颌间牵引

D. 口外力牵引装置

E. Ⅲ类颌间牵引

【答案】 D

【解析】 正畸代偿性矫治要达到正常覆合覆盖上前牙要内收7～8mm，拔除两个上颌第一前磨牙各得7～8mm间隙，因此上颌牙弓需要强支抗，即口外力牵引装置。

(6～10题共用题干)

患者，男，10岁，颏部发育差，唇前突闭合不全，面下1/3高度偏大，有咬下唇习惯，覆盖8mm，磨牙完全远中关系，前牙深覆𬌗，ANB 7°，上前牙前突，牙列无拥挤。

6. 对此患者诊断为

A. 安氏Ⅱ类1分类

B. 安氏Ⅱ类2分类

C. 安氏Ⅲ类错𬌗

D. 安氏Ⅰ类错𬌗

E. 单纯的前牙深覆𬌗

【答案】 A

【解析】 该患者磨牙完全远中关系,前牙深覆盖,ANB>3°,上前牙前突,应诊断为安氏Ⅱ类1分类。

7. 本患者可能的病因是

A. 遗传因素

B. 不良习惯

C. 营养不良

D. 缺乏维生素

E. 以上都不是

【答案】 B

【解析】 该患者有咬下唇习惯,首先考虑的可能病因是不良习惯。

8. 目前矫治首选下列哪项方案

A. 常规固定正畸治疗

B. 骨骼的矫形治疗

C. 正颌外科

D. 生长停止后口腔正畸与正颌外科

E. 以上都不是

【答案】 B

【解析】 该患者男10岁,处于颌骨生长发育的高峰时期,首选骨骼的矫形治疗改善下颌骨的远中关系。

9. 若采用矫形治疗何种矫治器最佳

A. 功能调节器Ⅰ型

B. 肌激动器

C. 肌激动器加高位头帽牵引

D. 双合板矫治器

E. 固定功能矫治器

【答案】 C

【解析】 安氏Ⅱ类1分类错𬌗,伴高角趋势(面下1/3高度偏大),肌激动器加高位头帽牵引适用。

10. 矫形治疗的时间通常为

A. 5~6个月

B. 8~10个月

C. 10～12 个月

D. 12～18 个月

E. 24 个月

【答案】 D

【解析】 一般情况下,肌激动器治疗安氏Ⅱ类错𬌗畸形 10～12 个月即可达到磨牙中性关系、前牙覆𬌗覆盖基本正常,但需继续维持半年左右以达到生长改建的目的。

(11～15 题共用题干)

患者,女,18 岁,面部检查,无明显的异常,覆盖 2mm,上颌 $\overline{4\vert4}$ 和下颌 $\overline{4\vert4}$ 开𬌗,磨牙轻度Ⅲ类关系,牙弓无拥挤,FMA 42°下颌角 141.5°,下颌支高度偏短。4 个第三磨牙阻生。有吮指习惯。

11. 此患者开𬌗的原因可能是

A. 遗传

B. 牙齿缺失

C. 佝偻病

D. 口腔不良习惯

E. 以上都不是

【答案】 D

【解析】 该患者有吮指习惯,首先考虑的可能病因是口腔不良习惯。

12. 对此患者的主要治疗目标是

A. 排齐前牙

B. 矫治口腔不良习惯

C. 矫治上颌的形态异常

D. 矫治下颌的形态异常

E. 协调上下𬌗关系

【答案】 E

【解析】 正畸治疗的主要目的就是要获得一个良好的𬌗关系,使牙齿排列正常,上下牙弓关系协调。

13. 最佳治疗方案是使用

A. 固定矫治器

B. 活动矫治器

C. 功能性矫治器

D. 正颌外科

E. 以上都不是

【答案】 A

【解析】 该患者18岁女性,颌骨的生长发育基本完成,不能使用功能性矫治器治疗;无明显上下颌骨畸形(面部检查无明显异常),无需正颌外科手段治疗;常规的固定矫治器即可解决。

14. 如进行常规固定正畸治疗,需如何进行拔牙设计

A. 拔除4个第一前磨牙

B. 拔除上颌2个第一前磨牙和下颌两个第二前磨牙

C. 拔除下颌2个第一前磨牙和上颌两个第二前磨牙

D. 拔除上颌2个第一前磨牙和下颌两个第三磨牙

E. 拔除4个第三磨牙

【答案】 E

【解析】 无明显上下颌骨畸形,覆盖正常(2mm),牙弓无拥挤,无需拔除上下牙弓内前段和中段的牙。4个第三磨牙阻生需要拔除。

15. 在排齐整平阶段常配合使用

A. 小平面导板

B. 斜面导板

C. 双侧后牙𬌗垫矫治器

D. Ⅱ类牵引

E. 下颌垂直颌间牵引

【答案】 E

【解析】 平面导板和斜面导板用于深覆𬌗打开咬合和导下颌向前;后牙𬌗垫矫治器用于抬高咬合,解除上下𬌗的锁结关系;该患者磨牙Ⅲ类关系,不能Ⅱ类牵引;前牙垂直颌间牵引有助于改善前牙开𬌗。

(16～20题共用题干)

患者,男,9岁,面中份凹陷,面下1/3高度偏小,下颌前伸,前牙反𬌗,可退至切𬌗。磨牙近中关系,ANB 0°,上前牙略内倾,下前牙直立。

16. 对此患者诊断为

A. 安氏Ⅱ类1分类

B. 安氏Ⅱ类2分类

C. 安氏Ⅲ类错𬌗

D. 安氏Ⅰ类错𬌗

E. 单纯的前牙深覆𦘒

【答案】 C

【解析】 Ⅲ类面型（面中份凹陷），前牙反𦘒，磨牙近中关系，ANB 0°，应该是安氏Ⅲ类错𦘒。

17. 本患者可能的病因是

　　A. 遗传因素

　　B. 不良习惯

　　C. 营养不良

　　D. 𦘒干扰

　　E. 以上都不是

【答案】 D

【解析】 前牙反𦘒，可退至切𦘒，可能有𦘒干扰导致下颌前伸形成前牙反𦘒。

18. 本患者可能的错牙类型是

　　A. 安氏Ⅰ类牙性错𦘒

　　B. 安氏Ⅲ类错𦘒，上颌发育不足

　　C. 安氏Ⅲ类错𦘒，下颌发育过度

　　D. 安氏Ⅲ类功能性错𦘒

　　E. 安氏Ⅱ类牙性错𦘒

【答案】 D

【解析】 下颌姿势位时前牙是切𦘒，完全咬合接触时呈前牙反𦘒，可能有早接触或咬合干扰导致的功能性错𦘒。患者年龄尚小，恒牙列建𦘒初期，单纯的功能性错𦘒可能性较大。

19. 目前矫治首选下列哪项方案

　　A. 常规固定正畸治疗

　　B. 功能矫形治疗

　　C. 正颌外科

　　D. 生长停止后口腔正畸与正颌外科

　　E. 以上都不是

【答案】 B

【解析】 患者处于恒牙列建𦘒初期，功能矫形治疗可帮助早期阻断异常的神经-肌肉反射，建立正常的口周肌功能环境。

20. 若采用矫形治疗何种矫治器最佳

　　A. 功能调节器Ⅲ型

　　B. 面框上颌骨前牵引

C. 改良髁兜前牵引

D. 双合板矫治器

E. 固定功能矫治器

【答案】 A

【解析】 功能调节器Ⅲ型的唇挡和颊屏能使发育中的牙列免受异常的口周肌功能影响,建立正常的口周肌功能环境。

(21~25 题共用题干)

患者,女,28 岁,4 个第一磨牙尖对尖远中关系,前牙Ⅲ度深覆𬌗,Ⅱ度深覆盖,下切牙咬在上牙腭侧龈组织,上下前牙有散在间隙,面中 1/3 轻度前突,面下 1/3 较短。

21. 对此患者应诊断为

A. 安氏Ⅰ类错𬌗

B. 安氏Ⅱ类 1 分类错𬌗

C. 安氏Ⅱ类 2 分类错𬌗

D. 安氏Ⅲ类错𬌗

E. 牙列轻度拥挤

【答案】 B

【解析】 磨牙远中关系,前牙深覆𬌗,深覆盖,应为安氏Ⅱ类 1 分类错𬌗。

22. 对此病人的矫治设计最可行的是

A. 非拔牙

B. 拔除下颌第一前磨牙

C. 拔除下颌第二前磨牙

D. 拔除上颌第一前磨牙和下颌第二前磨牙

E. 拔除下切牙

【答案】 A

【解析】 因上下前牙有散在间隙,可利用间隙内收上前牙,近中移动下磨牙,可暂不考虑拔牙矫治。

23. 最应采用的矫治器为

A. 活动矫治器

B. 𬌗垫矫治器

C. Herbst 矫治器

D. Activator

E. 直丝弓矫治器

【答案】　E

【解析】　该患者为成人,Herbst 矫治器和 Activator 均不适合;深覆𬌗𬌗垫矫治器不适用;活动矫治器不能到达理想的牙移动控制。

24. 固定矫治结合上颌平面导板矫治深覆𬌗,颌平面导板的作用是
    A. 快速关闭拔牙间隙
    B. 增加后牙支抗
    C. 有效快速打开咬合
    D. 利于尖牙远中移动
    E. 能建立良好的𬌗关系

【答案】　C

【解析】　上颌平面导板会压低下前牙升高后牙,有效快速打开咬合。

25. 使用上颌平面导板的适应证是
    A. 安氏Ⅱ类1分类的高角病例
    B. 面下 1/3 过短的前牙深覆𬌗病例
    C. 安氏Ⅰ类双颌前突
    D. 开𬌗
    E. 安氏Ⅲ错𬌗

【答案】　B

【解析】　上颌平面导板会压低下前牙升高后牙,不适用于高角和开𬌗病例;主要用于安氏Ⅱ类错𬌗水平生长型和平均生长型打开前牙咬合。

(26~30 题共用题干)

患者,女,15 岁,口唇闭合时呈现口腔周围肌肉的高度紧张感,下颌颏部更为明显。上下颌牙列拥挤明显,牙弓狭窄,覆𬌗 6mm,覆盖 6mm,磨牙呈Ⅰ类咬合关系。ANB 5.5°,FMA 35°,UI-SN 110.0°,IMPA 85.5。

26. 对此患者的诊断可能为
    A. 上下牙列轻度拥挤
    B. 安氏Ⅰ类错𬌗
    C. 安氏Ⅱ类错𬌗
    D. 安氏Ⅲ类错𬌗
    E. 颏部发育不足

【答案】　C

【解析】　该患者下颌平面后下旋转,颏部发育不足,ANB>3°,诊断可能为骨性安氏Ⅱ类错𬌗。磨牙Ⅰ类咬合关系,应为下磨牙近中移动所致。

27. 根据错𬌗畸形的病因学分类,此患者可能为

   A. 牙性错𬌗

   B. 功能性错𬌗

   C. 高角型的骨性上颌前突

   D. 低角型骨性上颌前突

   E. Ⅰ类骨面型的上颌之前突

   【答案】 C

   【解析】 排除牙性错𬌗、功能性错𬌗和低角型,该患者属Ⅱ类骨面型,故在五个选项中高角型的骨性上颌前突的可能性最大。

28. 引起此患者口唇部闭合困难的原因是

   A. 上下唇短

   B. 外伤后瘢痕

   C. 只与上下颌间关系异常有关

   D. 只和前牙唇侧倾斜有关

   E. 上下颌间关系异常及前牙唇侧倾斜共同引起

   【答案】 E

   【解析】 下颌后下旋转、颏部发育不足和可能的骨性上颌前突,同时伴前牙唇向倾斜均能引起此患者口唇部闭合困难。

29. 对此患者采用方丝弓矫治器治疗时应配合使用

   A. 上颌平面导板

   B. 上颌斜面导板

   C. Ⅲ类牵引

   D. 高位口外力牵引装置

   E. 功能性矫治器

   【答案】 D

   【解析】 治疗时需严格控制上后牙垂直向伸长及强支抗解除上牙列拥挤、内收上前牙,故需高位口外力牵引装置。

30. 在远中移动尖牙时,最好使用

   A. 开大螺旋簧

   B. Ⅱ类牵引

   C. 尖牙向后结扎

   D. 弹力橡皮圈

   E. 链状橡皮圈

   【答案】 A

【解析】 开大螺旋簧可远中移动尖牙,在解除上牙列两侧拥挤时避免过多支抗损耗。Ⅱ类牵引会升高后牙,加重下颌后下旋转。

(31~35 题共用题干)

患者,男,12 岁,直面型,面下 1/3 高度偏低,上下颌中切牙舌倾,上颌侧切牙唇倾,磨牙远中关系,上颌拥挤 6mm,下颌拥挤 4mm。

31. 对此患者的诊断可能为
    A. 上下牙列轻度拥挤
    B. 安氏Ⅰ类错𬌗
    C. 安氏Ⅱ类 1 分类错𬌗
    D. 安氏Ⅱ类 2 分类错𬌗
    E. 安氏Ⅲ类错𬌗
    【答案】 D
    【解析】 上下颌中切牙舌倾,磨牙远中关系,为安氏Ⅱ类 2 分类错𬌗。

32. 根据错𬌗畸形的病因学分类,此患者可能为
    A. 牙性错𬌗
    B. 功能性错𬌗
    C. 高角型的骨性上颌前突
    D. 低角型骨性上颌前突
    E. 高角型的骨性下颌后缩
    【答案】 A
    【解析】 直面型,上下颌间关系无明显异常。牙性错𬌗的可能性较大。

33. 对此病人的矫治设计最可行的是
    A. 非拔牙
    B. 拔除上颌第一前磨牙和下颌第一前磨牙
    C. 拔除上颌第一前磨牙和下颌第二前磨牙
    D. 拔除上颌第二前磨牙和下颌第一前磨牙
    E. 拔除上颌第二前磨牙和下颌第二前磨牙
    【答案】 A
    【解析】 上下前牙唇倾后会获得间隙,故首选非拔牙矫治。

34. 对此患者采用方丝弓矫治器治疗时应配合使用
    A. 扩弓装置
    B. 上颌平面导板
    C. Ⅲ类牵引

D. 高位口外力牵引装置

E. 功能性矫治器

【答案】 B

【解析】 安氏Ⅱ类2分类错𬌗通常需要打开咬合。上颌平面导板可压低下前牙,升高后牙,达到打开咬合的目的。

35. 在打开咬合时不能采用

A. 上颌平面导板

B. Ⅱ类牵引

C. 上颌𬌗垫

D. 摇椅弓

E. 后牙垂直牵引

【答案】 C

【解析】 上颌𬌗垫会压低后牙,对打开咬合不利。

(36～40题共用题干)

患者,男,12岁,直面型,面下1/3高度正常,上下前牙唇倾度正常,磨牙中性关系,Ⅱ度深覆𬌗,覆盖3mm,上颌拥挤4mm,下颌拥挤5mm。

36. 对此患者的诊断可能为

A. 安氏Ⅰ类错𬌗

B. 牙性安氏Ⅱ类错𬌗

C. 骨性安氏Ⅱ类错𬌗

D. 安氏Ⅱ类2分类错𬌗

E. 安氏Ⅲ类错𬌗

【答案】 A

【解析】 直面型,面下1/3高度正常,上下颌间关系无明显异常;磨牙中性关系,为安氏Ⅰ类错𬌗。

37. 该患者的拥挤程度为

A. 0度拥挤

B. Ⅰ度拥挤

C. Ⅱ度拥挤

D. Ⅲ度拥挤

E. 以上都不是

【答案】 C

【解析】 牙弓拥挤4～8mm为Ⅱ度拥挤。

38. 对此病人的矫治设计最可能的是

    A. 非拔牙

    B. 拔除上颌第一前磨牙和下颌第一前磨牙

    C. 拔除上颌第一前磨牙和下颌第二前磨牙

    D. 拔除上颌第二前磨牙和下颌第一前磨牙

    E. 拔除上颌第二前磨牙和下颌第二前磨牙

    【答案】 E

    【解析】 排齐上下牙列每侧需要 2～3mm 间隙,属最小支抗,拔除上颌第二前磨牙和下颌第二前磨牙即可。

39. 治疗中支抗设计是

    A. 轻度支抗

    B. 腭杆加强支抗

    C. 舌弓加强支抗

    D. 口外弓加强支抗

    E. 以上都不是

    【答案】 A

    【解析】 见 78 题解析。

40. 在治疗中不能采用

    A. 摇椅弓

    B. 上颌平面导板

    C. 水平类牵引

    D. Ⅱ类牵引

    E. 三角牵引

    【答案】 B

    【解析】 上颌平面导板可压低下前牙,升高后牙。该患者Ⅱ度深覆𬌗,上颌平面导板可能会过度打开咬合,造成前牙开𬌗。

(41～45 题共用题干)

患者,女,15 岁,颏部发育差,唇前突闭合不全,面下 1/3 高度偏大,覆盖 9mm,磨牙完全远中关系,上前牙前突,前牙开𬌗,ANB 6°,4 个第三磨牙牙胚存在,位置正常。

41. 对此患者诊断为

    A. 单纯的牙列重度拥挤

    B. 安氏Ⅰ类错𬌗

C. 安氏Ⅲ类错𬌗

D. 安氏Ⅱ类1分类,前牙开𬌗

E. 单纯的前牙开𬌗

【答案】 D

【解析】 该患者磨牙完全远中关系,前牙深覆盖,ANB>3°,上前牙前突,前牙开𬌗,应诊断为安氏Ⅱ类1分类。

42. 对此患者的拔牙设计为

　　A. 拔除四个第一前磨牙

　　B. 拔除四个第二前磨牙

　　C. 拔除两个上颌第一前磨牙和两个下颌第二前磨牙

　　D. 拔除两个上颌第二前磨牙和两个下颌第一前磨牙

　　E. 拔除两个上颌第一前磨牙和两个上颌第三恒磨牙

【答案】 E

【解析】 正畸代偿性矫治的目的应为内收上前牙,减小覆𬌗覆盖。该患者上前牙前突,覆盖9mm。要达到正常覆𬌗覆盖上前牙要内收6～7mm,需拔除两个上颌第一前磨牙,为避免第三磨牙的萌出影响上颌磨牙的支抗,两个上颌第三恒磨牙也需拔除;磨牙完全远中关系,若下牙弓无拥挤,则可维持磨牙的完全远中关系,下牙弓不需拔牙。

43. 本患者可能的错𬌗类型是

　　A. 安氏Ⅱ类错𬌗,上颌前突

　　B. 安氏Ⅱ类错𬌗,下颌后缩

　　C. 安氏Ⅲ类错𬌗

　　D. 开𬌗

　　E. 安氏Ⅱ类错𬌗伴有上颌前突,下颌后缩

【答案】 E

【解析】 该患者Ⅲ度深覆盖(>8mm),ANB 6°,唇前突闭合不全,说明上下颌骨矢状向的差异较大;上前牙前突,则可能存在上颌骨发育过度和(或)上牙弓前移;颏部发育差,则可能有下颌骨发育不足。

44. 要达到完善的矫正效果应采取下列哪项方案

　　A. 骨骼的矫形治疗

　　B. 生长停止后口腔正畸与正颌外科

　　C. 正颌外科

　　D. 常规固定正畸治疗

　　E. 以上都不是

【答案】 B

【解析】 该患者上下颌骨矢状向的差异较大,若要达到完善的矫正效果需在颌骨的生长发育基本完成后进行正畸和正颌外科手术联合治疗。

45. 若采用常规固定正畸治疗,要使用下列哪项措施
    A. 垂直开大曲
    B. 扩大螺旋簧
    C. Ⅱ类颌间牵引
    D. 口外力牵引装置
    E. Ⅲ类颌间牵引

【答案】 D

【解析】 正畸代偿性矫治要达到正常覆𬌗覆盖上前牙要内收 6～7mm,拔除两个上颌第一前磨牙各得 7～8mm 间隙,因此上颌牙弓需要强支抗,即口外力牵引装置。该患者前牙开𬌗,应尽量避免使用𬌗间牵引的力量。

(46～50 题共用题干)

患者,女,9 岁半,下颌发育差,唇略前突,能正常闭合,面下 1/3 高度偏小,鼻唇角正常,与其母面型相似。覆盖 7mm,磨牙颊尖对颊尖关系,前牙Ⅲ度深覆𬌗,ANB 5°,上前牙略前突有少量间隙,牙列无拥挤。

46. 对此患者诊断为
    A. 安氏Ⅱ类 1 分类
    B. 安氏Ⅱ类 2 分类
    C. 安氏Ⅲ类错𬌗
    D. 安氏Ⅰ类错𬌗
    E. 单纯的前牙深覆𬌗

【答案】 A

【解析】 该患者磨牙远中关系,前牙深覆𬌗深覆盖,ANB>3°,上前牙前突,应诊断为安氏Ⅱ类 1 分类。

47. 本患者可能的病因是
    A. 遗传因素
    B. 不良习惯
    C. 营养不良
    D. 缺乏维生素
    E. 以上都不是

【答案】 A

【解析】 该患者未发现明显的不良习惯,且面型与其母相似,故可能的病因是遗传因素。

48. 目前矫治首选下列哪项方案

    A. 常规固定正畸治疗

    B. 骨骼的矫形治疗

    C. 正颌外科

    D. 生长停止后口腔正畸与正颌外科

    E. 以上都不是

【答案】 B

【解析】 该患者女,9岁半,处于颌骨生长发育的高峰时期,首选骨骼的矫形治疗改善下颌骨的远中关系。

49. 若采用矫形治疗何种矫治器最佳

    A. 功能调节器Ⅱ型

    B. 肌激动器

    C. 肌激动器加高位头帽牵引

    D. 殆垫矫治器

    E. 固定矫治器

【答案】 B

【解析】 安氏Ⅱ类1分类错殆,水平生长型(面下1/3高度偏小),肌激动器适用。

50. 矫形治疗的时间通常为

    A. 5～6个月

    B. 8～10个月

    C. 10～12个月

    D. 12～18个月

    E. 24个月

【答案】 D

【解析】 一般情况下,肌激动器治疗安氏Ⅱ类错殆畸形10～12个月即可达到磨牙中性关系、前牙覆殆覆盖基本正常,但需继续维持半年左右以达到生长改建的目的。

(51～55题共用题干)

    患者,男,13岁,面部检查,无明显的异常,覆盖4mm,上颌 4┼4 和下颌

$\frac{4|4}{}$ 开𬌗,磨牙轻远中关系,牙弓无拥挤,上前牙略前突,尖牙弓。下前牙直立,四个第三磨牙牙胚存在。有伸舌习惯。

51. 此患者开𬌗的原因可能是

　　A. 遗传

　　B. 牙齿缺失

　　C. 佝偻病

　　D. 口腔不良习惯

　　E. 以上都不是

　　【答案】　D

　　【解析】　该患者有伸舌习惯,首先考虑的可能病因是口腔不良习惯。

52. 对此患者的首要治疗目标是

　　A. 排齐前牙

　　B. 矫治口腔不良习惯

　　C. 矫治上颌的形态异常

　　D. 矫治下颌的形态异常

　　E. 协调上下咬合关系

　　【答案】　B

　　【解析】　正畸治疗的首要目标是解除治病因素。该患者有伸舌的不良习惯,故应首先破除不良习惯。

53. 矫治选择

　　A. 固定矫治器

　　B. 活动矫治器

　　C. 功能性矫治器

　　D. 正颌外科

　　E. 以上都不是

　　【答案】　A

　　【解析】　该患者13岁,颌骨的生长发育高峰期已过,不宜使用功能性矫治器治疗;无明显上下颌骨畸形(面部检查,无明显的异常),无需正颌外科手段治疗;常规的固定矫治器即可解决。

54. 如进行常规固定正畸治疗,需如何进行拔牙设计

　　A. 拔除四个第一前磨牙

　　B. 拔除上颌两个第一前磨牙和下颌两个第二前磨牙

　　C. 拔除下颌两个第一前磨牙和上颌两个第二前磨牙

　　D. 拔除上颌两个第一前磨牙和下颌两个第三磨牙

E. 拔除四个第三磨牙牙胚

【答案】 E

【解析】 无明显上下颌骨畸形,覆盖正常(4mm),牙弓无拥挤,无需拔除上下牙弓内前段和中段的牙。四个第三磨牙牙胚可考虑拔除。

55. 在排齐整平阶段常配合使用

　　A. 小平面导板

　　B. 斜面导板

　　C. 双侧后牙殆垫矫治器

　　D. Ⅱ类牵引

　　E. 下颌垂直颌间牵引

【答案】 E

【解析】 平面导板和斜面导板用于深覆殆打开咬合和导下颌向前;后牙殆垫矫治器用于抬高咬合,解除上下殆的锁结关系;该患者前牙开殆,应尽量避免Ⅱ类牵引,防止后牙升高;前牙垂直颌间牵引有助于改善前牙开殆。

(56～60题共用题干)

　　患者,女,23岁,面中份凹陷,面下1/3高度偏大,下颌前伸,前牙反殆,下颌不能后退。磨牙近中关系,反覆盖5mm,ANB-2°,上前牙唇倾,下前牙内倾。

56. 对此患者诊断为

　　A. 安氏Ⅱ类1分类

　　B. 安氏Ⅱ类2分类

　　C. 安氏Ⅲ类错殆

　　D. 安氏Ⅰ类错殆

　　E. 单纯的前牙深覆殆

【答案】 C

【解析】 Ⅲ类面型(面中份凹陷),前牙反殆,磨牙近中关系,ANB -2°,是安氏Ⅲ类错殆。

57. 本患者最可能的病因是

　　A. 遗传因素

　　B. 不良习惯

　　C. 营养不良

　　D. 咬合干扰

　　E. 以上都不是

【答案】 A

【解析】 该患者反覆殆较大,前伸的下颌不能后退,面型凹,可能有上颌骨发育不足和(或)下颌骨发育过度,排除功能性的因素,遗传造成的骨性畸形的可能性最大。

58. 本患者可能的错殆类型是

    A. 安氏Ⅰ类牙性错殆

    B. 安氏Ⅲ类错殆,上颌发育不足

    C. 安氏Ⅲ类错殆,下颌发育过度

    D. 安氏Ⅲ类功能性错殆

    E. 安氏Ⅲ类牙性错殆,上颌发育不足伴下颌发育过度

【答案】 E

【解析】 面中份凹陷,可能有上颌骨发育不足;下颌前伸,可能有下颌骨发育过度。

59. 目前矫治首选下列哪项方案

    A. 常规固定正畸治疗

    B. 功能矫形治疗

    C. 正颌外科

    D. 口腔正畸与正颌外科

    E. 以上都不是

【答案】 D

【解析】 反覆盖5mm,ANB-2°,上下前牙已形成代偿性唇倾和舌倾,为较严重的Ⅲ类错殆畸形;该患者23岁,颌骨的生长发育已基本完成,可采用口腔正畸与正颌外科手术治疗来达到理想的治疗效果。

60. 采用何种治疗方案最有可能

    A. 上颌骨前徙术

    B. 下颌骨后退术

    C. 上颌骨前徙术+下颌骨后退术

    D. 观察

    E. 以上都不是

【答案】 C

【解析】 上颌发育不足,下颌发育过度,上下颌骨均需手术改变颌骨的位置。

(61～65题共用题干)

　　患者,男,12岁,四个第一磨牙远中关系,前牙Ⅲ度深覆殆,Ⅱ度深覆盖,下切牙咬在上牙腭侧龈组织,上前牙有散在间隙,上颌A区侧切牙舌向错位,下颌闭合

道接近正中𬌗时后退。面中 1/3 轻度前突,面下 1/3 较短。

61. 对此患者应诊断为

   A. 安氏Ⅰ类错𬌗

   B. 安氏Ⅱ类 1 分类错𬌗

   C. 安氏Ⅱ类 2 分类错𬌗

   D. 安氏Ⅲ类错𬌗

   E. 牙列轻度拥挤

   【答案】 B

   【解析】 磨牙远中关系,前牙深覆𬌗,深覆盖,应为安氏Ⅱ类 1 分类错𬌗。

62. 根据错𬌗畸形的病因学分类,此患者为

   A. 牙型错𬌗

   B. 骨型错𬌗

   C. 功能型错𬌗

   D. 混合型错𬌗

   E. 以上都不是

   【答案】 C

   【解析】 下颌姿势位时下前牙位置是在前,完全咬合接触时后退,可能是上颌 A 区侧切牙舌向错位致早接触或咬合干扰,属功能性错𬌗的可能性较大。

63. 对此病人的矫治设计最可行的是

   A. 非拔牙

   B. 拔除双侧下颌第一前磨牙

   C. 拔除双侧下颌第二前磨牙

   D. 拔除上颌第一前磨牙和下颌第二前磨牙

   E. 拔除下切牙

   【答案】 A

   【解析】 因上下前牙有散在间隙,可利用间隙内收上前牙;上前牙排齐后对下颌的功能干扰解除,下颌位置可恢复至前伸,Ⅱ类关系改善,故可暂不考虑拔牙矫治。

64. 最不应采用的矫治器为

   A. 活动矫治器

   B. 𬌗垫矫治器

   C. Herbst 矫治器

   D. Activator

   E. 直丝弓矫治器

【答案】 B

【解析】 𬌗垫矫治器会压低后牙,加重深覆𬌗,故不能采用。

65. 若用固定矫治,可采用的最佳辅助装置是

    A. 上颌𬌗垫

    B. 口外弓

    C. 上颌平面导板

    D. 上颌斜面导板

    E. 下颌𬌗垫

【答案】 C

【解析】 上颌平面导板会压低下前牙升高后牙,主要用于安氏Ⅱ类错𬌗水平生长型和平均生长型打开前牙咬合。该患者面下 1/3 较短,可能为水平生长型或平均生长型,打开咬合可采用上颌平面导板。

(66～70题共用题干)

患者,男,23岁,口唇闭合时呈现口腔周围肌肉有紧张感。面中 1/3 前突,面下 1/3 高度偏大。Ⅲ度深覆𬌗,覆盖 6mm,磨牙呈远中关系。ANB 6°,FMA 35°。上颌拥挤 6mm,下颌无拥挤。

66. 对此患者的诊断可能为

    A. 上下牙列轻度拥挤

    B. 安氏Ⅰ类错𬌗

    C. 安氏Ⅱ类错𬌗

    D. 安氏Ⅲ类错𬌗

    E. 颏部发育不足

【答案】 C

【解析】 该患者面中 1/3 前突,面下 1/3 高度偏大,下颌平面后下旋转,ANB >3°,磨牙远中关系,诊断可能为骨性安氏Ⅱ类错𬌗。

67. 根据错𬌗畸形的病因学分类,此患者可能为

    A. 牙性错𬌗

    B. 功能性错𬌗

    C. 高角型的骨性上颌前突

    D. 低角型骨性上颌前突

    E. Ⅰ类骨面型的上颌之前突

【答案】 C

【解析】 排除牙性错𬌗、功能性错𬌗和低角型,该患者属Ⅱ类骨面型,故在五

个选项中高角型的骨性上颌前突的可能性最大。

68. 对此病人的矫治设计最可行的是

    A. 非拔牙

    B. 拔除双侧上颌第一前磨牙

    C. 拔除上颌第一前磨牙和下颌第一前磨牙

    D. 拔除上颌第一前磨牙和下颌第二前磨牙

    E. 以上都不是

【答案】 B

【解析】 解除上颌拥挤(6mm)和内收上前牙(3~4mm)达到正常覆𬌗覆盖共需要间隙12~14mm,拔除双侧上颌第一前磨牙可获得间隙14~16mm,上后牙允许的近中移动量小;患者为成年人,磨牙已为远中关系,下颌无拥挤,故下颌无需拔牙,治疗结束时磨牙呈完全远中关系。

69. 对此患者采用方丝弓矫治器治疗时应配合使用

    A. 上颌平面导板

    B. 上颌斜面导板

    C. Ⅲ类牵引

    D. 高位口外力牵引装置

    E. 功能性矫治器

【答案】 D

【解析】 治疗时需严格控制上后牙垂直向伸长及强支抗解除上牙列拥挤、内收上前牙,故需高位口外力牵引装置。

70. 在远中移动尖牙时,最好使用

    A. 开大螺旋簧

    B. Ⅱ类牵引

    C. 尖牙向后结扎

    D. 弹力橡皮圈

    E. 链状橡皮圈

【答案】 A

【解析】 开大螺旋簧可远中移动尖牙,在解除上牙列两侧拥挤时避免过多支抗损耗。Ⅱ类牵引会升高后牙,加重下颌后下旋转。

(71~75题共用题干)

患者,女,13岁,面中1/3略突,面下1/3高度正常,上颌前牙舌倾,下前牙直立,磨牙轻远中关系,上颌拥挤4mm,下颌拥挤1mm。

71. 对此患者的诊断可能为

　　A. 上下牙列轻度拥挤

　　B. 安氏Ⅰ类错𬌗

　　C. 安氏Ⅱ类1分类错𬌗

　　D. 安氏Ⅱ类2分类错𬌗

　　E. 安氏Ⅲ类错𬌗

【答案】 D

【解析】 上颌前牙舌倾,磨牙轻远中关系,为安氏Ⅱ类2分类错𬌗。

72. 根据错𬌗畸形的病因学分类,此患者可能为

　　A. 牙性错𬌗

　　B. 功能性错𬌗

　　C. 骨性下颌后缩

　　D. 骨性上颌前突

　　E. 以上都不是

【答案】 D

【解析】 面中1/3略突,上颌前突的可能性较大。

73. 对此病人的矫治设计最可行的是

　　A. 非拔牙

　　B. 拔除双侧上颌第一前磨牙

　　C. 拔除上颌第一前磨牙和下颌第二前磨牙

　　D. 拔除上颌第二前磨牙和下颌第二前磨牙

　　E. 拔除上颌第二前磨牙

【答案】 A

【解析】 上前牙唇倾后会获得间隙,上颌拥挤量不大,故首选非拔牙矫治。

74. 对此患者采用方丝弓矫治器治疗时应配合使用

　　A. 扩弓装置

　　B. 上颌𬌗垫

　　C. Ⅲ类牵引

　　D. 口外力牵引装置推磨牙向远中

　　E. 功能性矫治器

【答案】 D

【解析】 上颌拥挤量不大仅4mm,上颌骨或上牙弓略前突,两侧各推磨牙向远中1～2mm足够。

75. 治疗中不能采用

A. 上颌平面导板

B. 上颌𬌗垫

C. Ⅱ类牵引

D. 摇椅弓

E. 前牙水平曲

【答案】 B

【解析】 上颌𬌗垫会压低后牙,对打开咬合不利。

(76~80题共用题干)

患者,女,11岁,面中1/3略突,面下1/3高度正常,上下前牙略唇倾,磨牙中性关系,Ⅱ度深覆𬌗,覆盖3mm,上颌拥挤12mm,下颌拥挤10mm。

76. 对此患者的诊断可能为

A. 安氏Ⅰ类错𬌗

B. 牙性安氏Ⅱ类错𬌗

C. 骨性安氏Ⅱ类错𬌗

D. 安氏Ⅱ类2分类错𬌗

E. 安氏Ⅲ类错𬌗

【答案】 A

【解析】 该患者面型基本正常,磨牙中性关系,覆𬌗覆盖略深,上下牙弓拥挤为主,安氏Ⅰ类错𬌗的可能性较大。准确诊断还需头颅侧位片分析。

77. 该患者的拥挤程度为

A. 0度拥挤

B. Ⅰ度拥挤

C. Ⅱ度拥挤

D. Ⅲ度拥挤

E. 以上都不是

【答案】 D

【解析】 牙弓拥挤超过8mm为Ⅲ度拥挤。

78. 对此病人的矫治设计最可能的是

A. 非拔牙

B. 拔除上颌第一前磨牙和下颌第一前磨牙

C. 拔除上颌第一前磨牙和下颌第二前磨牙

D. 拔除上颌第二前磨牙和下颌第一前磨牙

E. 拔除上颌第二前磨牙和下颌第二前磨牙

【答案】 B

【解析】 上下颌拥挤分别是 12mm 和 10mm,拔除前磨牙可获得 14~16mm 间隙,拔牙间隙主要用于解除拥挤,故一般情况下应拔除上下颌第一前磨牙。

79. 治疗中支抗设计是

    A. 轻度支抗

    B. 腭杆加强支抗

    C. Nance 弓加强支抗

    D. 口外弓加强支抗

    E. 以上都不是

【答案】 D

【解析】 2/3 以上的拔牙间隙用于解除前牙拥挤需强支抗。

80. 在治疗中不能采用

    A. 摇椅弓

    B. 水平类牵引

    C. 上颌𬌗垫

    D. Ⅱ类牵引

    E. Ⅲ类牵引

【答案】 C

【解析】 上颌𬌗垫会压低后牙,该病例不能采用。

(81~82 题共用题干)

乳牙期及替牙期的局部障碍是形成错𬌗畸形的局部因素。

81. 在第一恒磨牙萌出之前,多数乳磨牙缺失,迫使患儿采用前牙咀嚼时,会出现

    A. 下颌逐渐后移

    B. 日久形成假性远中错𬌗

    C. 上前切牙前突

    D. 开唇露齿

    E. 日久形成真性下颌前突

【答案】 E

【解析】 多数乳磨牙早失,长期采用前牙咀嚼时会形成真性下颌前突。

82. 上颌乳磨牙多数早失时,应选择

    A. 丝圈式间隙保持器

    B. 恒磨牙导萌

C. 助萌

D. 功能性间隙保持器

E. 丝圈式阻萌器

【答案】 D

【解析】 可用活动义齿式功能保持器保持缺隙并恢复一定的咀嚼功能。

五、口腔医学技术全真模拟试题解析

1. 做模型厚薄要求,一般腭顶和口底的最薄处应保持
   A. 1～2mm
   B. 3～5mm
   C. 6～7mm
   D. 8～9mm
   E. 10～12mm
   【答案】 B
   【解析】 石膏模型应有适当的厚度,以保证其抗压强度,一般腭顶和口底的最薄处应保持在 3～5mm。

2. 义齿制作最基础是必须保证有准确的
   A. 基牙
   B. 卡环
   C. 殆支托
   D. 模型
   E. 基托
   【答案】 D
   【解析】 模型是制作义齿的依据和基础,只有在准确清晰的模型上才能制作出高质量的义齿。

3. 弯制不锈钢丝卡环最常用的钢丝直径为
   A. 0.5mm
   B. 0.7mm
   C. 0.9mm
   D. 1.0mm
   E. 1.2mm
   【答案】 C
   【解析】 用于弯制卡环的不锈钢丝有多种规格,直径为 0.8mm 的适用于弯制前牙,直径为 0.9mm 的适用于弯制前磨牙和磨牙。

4. 下列属于三类导线的卡环是

    A. 固定卡环

    B. 长臂卡环

    C. 间隙卡环

    D. 三臂卡环

    E. 锻丝下返卡环

【答案】 E

【解析】 锻丝下返卡环的特点是卡环臂进入倒凹区,但不能过深,卡环体部位于基牙导线处,属三类导线卡环。

5. 下颌圈形卡环的卡环臂游离端应放在

    A. 颊侧远中

    B. 舌侧远中

    C. 颊侧的近中

    D. 舌侧近中

    E. 舌侧远中拾面

【答案】 D

【解析】 因下颌磨牙多向近中舌侧倾斜,所以卡环臂游离端应位于下颌磨牙舌侧近中的倒凹区内。

6. 在焊接技术中与熔化焊无关的焊接是

    A. 电弧焊

    B. 气电焊

    C. 电热焊

    D. 激光焊

    E. 接触焊

【答案】 E

【解析】 通常把焊接的方法分为两大类,即熔化焊和压力焊。本题中只有接触焊与熔化焊无关。

7. 在可摘局部义齿制作中,下面哪项是塑料填塞最适宜的时期

    A. 湿沙期

    B. 粥状期

    C. 丝状期

    D. 面团期

    E. 橡皮期

【答案】 D

【解析】 塑料填塞的最佳时期面团期,其特点是有丝但不粘器械,有一定的流动性(在压力下)和可压缩性。

8. 下面不适合整装法装盒的修复体是
    A. 全口义齿
    B. 少数前牙缺失而无唇基托的义齿
    C. 颊板
    D. 活动矫治器
    E. 以上都不是
【答案】 A
【解析】 因为全口义齿装盒中需要将模型包埋固定于下层型盒内,将人工牙、基托全部暴露并翻至上层型盒。该装盒方法属于分装法。

9. 分装法装盒的特点
    A. 模型包埋固定在下层型盒内,而将人工牙,基托及支架全部暴露,翻到上层型盒
    B. 将支架,人工牙,基托蜡型连模型一块包埋固定在下层型盒中,只暴露人工牙舌腭面及蜡基托
    C. 模型包埋固定在下层型盒,人工牙及蜡基托予以暴露
    D. 塑料填塞只在下层型盒
    E. 以上都不是
【答案】 A
【解析】 分装法的特点是:模型包埋固定在下层型盒内,而将人工牙,基托及支架全部暴露,翻到上层型盒,此方法多用于全口义齿或缺失牙很多,预留牙很少的部分义齿的装盒。

10. 全口义齿前牙应排在牙槽嵴顶的唇侧,上颌切牙切缘应位于上唇
    A. 下 1.0mm
    B. 下 2.0mm
    C. 上 0,5mm
    D. 上 1.0mm
    E. 上 2.0mm
【答案】 B
【解析】 上前牙排列位置的确定为全口人造牙的排列奠定了基础,上前牙排列的上下位置是上颌切牙切缘应位于上唇下 2mm 处。

11. 对上颌后堤区叙述正确的是
    A. 位于前颤动线

B. 位于后颤动线

C. 位于 $\boxed{6}$ 与 $\boxed{6}$ 连线的中份

D. 位于前后颤动线之间

E. 以上都不是

【答案】 D

【解析】 上颌后堤区位于前后颤动线之间,一般在腭小凹与两侧翼上颌切迹连线后约 2mm 处。

12. 口腔修复工艺焊接技术中,不能用白合金焊料焊接的金属

A. 钴铬合金

B. 金合金

C. 镍铬合金

D. 不锈钢

E. 以上都不是

【答案】 B

【解析】 在口腔修复中常用的焊料是银焊和金焊,银焊是以银为主要成分的焊合金,又名白合金焊,焊接牢固,缺点是易变色。所以焊接金合金修复体时应选用以金为主要成分的焊合金。

13. 与造成焊件移位或变形的无关因素

A. 焊接时间过长,模型烧坏

B. 包埋的砂料碎裂

C. 固位体从口内取出放入印模中,未能准确复位

D. 在灌注模型时抖动过重

E. 焊料与焊件不匹配

【答案】 E

【解析】 在焊接过程中或焊接完成时,常发生焊件移位或变形的现象,而造成的原因是多方面的,但是,在焊接中焊料与焊件不匹配将无法焊接。

14. 切支托的宽度和厚度是

A. 宽度为 1.5～2.0mm,厚度为 ≥1.3mm

B. 宽度为 0.5～1.0mm,厚度为 ≥1.3mm

C. 宽度为 2.5～3.0mm,厚度为 ≥1.0mm

D. 宽度为 1.5～2.0mm,厚度为 ≥1.0mm

E. 以上都不是

【答案】 A

【解析】 在可摘局部义齿修复中,支托宽度应是前磨牙颊舌径的 1/2,磨牙的

1/3,厚度≥1.3mm,而切支托及舌支托的宽度为 1.5~2.0mm,厚度≥1.3mm。

15. 制作可卸代型模型时,要求修整后的工作模型底部到患牙颈缘的厚度在

    A. 5.0mm 左右

    B. 3.0mm 左右

    C. 7.0mm 左右

    D. 6.0mm 左右

    E. 4.0mm 左右

    【答案】 C

    【解析】 制作可卸代型模型时,应用模型修整机修整工作模型的四周及底部,使底部成为一个平整的平面,而修整后的工作模型底部到患牙颈缘厚度在 7mm 左右,以保证模型的强度。

16. 与烤瓷冠桥不透明层有气泡无关的因素是

    A. 烤瓷合金多次重复使用

    B. 基底冠表面多方向打磨

    C. 使用不正确的金刚砂车针打磨基底冠

    D. 铸道安插不正确

    E. 遮色瓷层过薄

    【答案】 E

    【解析】 遮色瓷层过薄仅会影响烤瓷冠桥的颜色,不会造成气泡。

17. 对可摘局部义齿中使用支托的目的叙述不正确的是

    A. 把义齿所承受的𬌗力传导到基牙

    B. 防止食物嵌塞,修复𬌗关系

    C. 防止义齿下沉

    D. 防止义齿摆动、转动,使其稳定

    E. 增强义齿的固位

    【答案】 E

    【解析】 支托没有增强义齿固位的作用。

18. 可摘局部义齿的直接固位体是

    A. 大连接体

    B. 小连接体

    C. 支托

    D. 卡环

    E. 基托

    【答案】 D

【解析】 基托主要的作用是供人工牙排列附着,传导和分散殆力,将义齿各个部分连接在一起形成功能整体;支托的主要作用是将咬合压力正确的传导至基牙,防止义齿下沉、摆动、翘动、旋转,保持义齿的稳定性;大连接体的作用是连接义齿各部分成一整体,将合力传递和分散于其他基牙及邻近的支持组织;小连接体的作用是连接作用和防止义齿在咀嚼时发生颊舌向的摆动;卡环是可摘局部义齿的直接固位体。

19. 对弯制成品连接杆的注意事项叙述不正确的是

    A. 弯制时不能损伤模型

    B. 避免反复弯曲

    C. 连接杆形成后,应适当磨光

    D. 避免反复扭转

    E. 以上都不是

【答案】 E

【解析】 模型是义齿修复的基础,在弯制成品连接杆中,一旦损伤模型,修复体不能与口腔组织很好的贴合,而反复弯曲或扭转将影响杆的质量。为了避免影响杆的美观,连接杆弯制成型后应适当磨光。

20. 制作带模铸造支架填补倒凹的材料,除用超硬石膏外也可用的材料是

    A. 指甲油

    B. 强化剂

    C. 蜂蜡

    D. 隙料

    E. 以上都不是

【答案】 E

【解析】 带模铸造支架填补倒凹的材料,除用石膏外,也可用基托蜡(红蜡)。

21. 弯制卡环转弯的要点不包括

    A. 确定卡环在基牙上的位置

    B. 确定在何处转弯

    C. 时刻记住卡环各部位在基牙上的位置和行走方向

    D. 控制好转弯时的角度

    E. 控制好转弯时的用力大小

【答案】 D

【解析】 弯制卡环转弯的制作要点,概括起来就是"三定一控制",定卡环的位置,定转弯处,定卡环行走的方向,控制好转弯时用力的大小。

22. 下面那一项是对弯制尖牙卡环的特点叙述错误

A. 卡环臂的臂端大多置于唇面的近中,以利用倒凹和利于美观

B. 卡环臂尽量向下,可贴靠龈缘,有利于美观和固位

C. 卡环臂的臂端一定要绕过轴面角,到达邻面

D. 卡环体不宜过高,以免妨碍排牙

E. 卡环体越低越好,有利于就位

【答案】 E

【解析】 尖牙位于口腔前部,易外露,为锥体牙冠,固位差;有向近中倾斜的趋势;唇面的主要倒凹区在近中。由于尖牙的位置和形态决定了尖牙卡环上述的4大特点,但是,卡环体不能进入倒凹区,若卡环体过低,一旦进入倒凹区将影响就位。

23. 汽油吹管火焰由外向内共有4层火焰,其中温度最高的是

A. 燃烧焰

B. 氧化焰

C. 混合焰

D. 还原焰

E. 氧化焰和燃烧焰

【答案】 D

【解析】 吹管火焰由内向外可分为混合焰、燃烧焰、还原焰、氧化焰共4层,还原焰尖端的温度最高。

24. 与义齿由前向后的斜向戴入方向优点无关的是

A. 顺应了牙齿有向近中倾斜的状况

B. 可以争取磨牙基牙画出Ⅰ类导线,因磨牙的固位力强,一般多为主基牙

C. 利用了部分远中基牙近中邻面的倒凹,可防止义齿的合向脱位

D. 增强义齿的固位

E. 便于义齿的取戴

【答案】 D

【解析】 可摘局部义齿选择由前向后戴入是采用的"调凹法",它将缺牙区远中的倒凹适当的保留一部分,而缺牙区近中的倒凹则多填补一些、其优点是顺应了牙齿有向近中倾斜的状况,并争取了在磨牙基牙上画出Ⅰ类导线;防止义齿的殆向脱位;利于义齿的取代。

25. 患者,男,35岁, 21| 缺失,唇侧组织倒凹明显,做可摘义齿修复,在确定就位道时,一般将模型倾斜的方向为

A. 向左倾斜

B. 向右倾斜

C. 向前倾斜

D. 向后倾斜

E. 平放

【答案】 D

【解析】 前牙缺失,当唇侧牙槽嵴倒凹较大时,应将模型向后倾斜,这可以减小唇侧牙槽嵴倒凹,义齿由前向后戴入,且可减小义齿与天然牙的间隙,有利于美观。

26. 只有一个位于基牙唇颊面的卡环臂,但对侧必须用高基托作为对抗,常用在紧靠缺牙间隙的基牙上,起直接固位作用的卡环是

A. 正型卡环

B. 间隙卡环

C. 固定卡环

D. 单臂卡环

E. 环形卡环

【答案】 D

【解析】 先分析其他 4 类卡环。正型卡环:又称三臂卡环,由颊舌 2 个臂和牙合支托组成,包绕基牙的 3 个或 4 个轴面,小连接体与𬌗支托连接,正型卡环的支持、环抱及固位作用均良好,适用于一类导线的基牙;间隙卡环:多用在远离缺牙区的基牙上,位于唇、颊侧,舌侧通常以高基托作对抗臂,间隙卡环有间接固位、直接固位和支持的作用;固定卡环:此类卡环的卡环体和卡环臂均在导线处而不进入倒凹区,只起固定松动基牙的作用,而无固位作用;环形(圈形)卡环:由一个卡环臂和近缺隙侧的𬌗支托组成,多用于最后孤立倾斜的磨牙上。只有单臂卡环:常用在紧靠缺牙间隙的基牙上,起直接固位作用,此类卡环只有一个卡环臂,位于基牙的唇、颊面,其弹性较大的部分进入倒凹区起固位作用,但对侧必须用高基托作为对抗,以防取戴义齿时,使基牙移位,单臂卡环有较好的固位作用,也有一定的稳定作用,但是没有支持作用,卡环臂会因义齿受𬌗力而下沉,最好与其他卡环合用。

27. 为了提高铸件质量,避开铸造热中心,熔模应位于铸圈的

A. 中 1/2 高度内

B. 中 1/3 高度内

C. 靠近顶端 1/2 高度内

D. 靠近顶端 1/3 高度内

E. 靠近顶端 2/5 高度内

【答案】 E

【解析】 熔模应位于铸型的上 2/5 部位,水平铸道应位于铸圈的热中心,起到

补偿凝固收缩的作用,使铸件不易产生缩孔。

28. 由于合金成分不同,各种合金熔化铸造时机也不同,钴铬合金的最佳时
    机是
    A. 合金熔化呈球状,表面氧化膜未破时
    B. 合金熔化呈球状,表面氧化膜刚冲破时
    C. 合金熔化呈沸腾状时
    D. 合金熔化呈静面时
    E. 合金部分熔化塌陷时
    【答案】 B
    【解析】 实际工作中,镍铬合金的最佳铸造时机为合金熔化塌陷呈球状,表面
    氧化膜未破时;钴铬合金最佳铸造时机为合金熔化呈球状,表面氧化膜刚破时。

29. 患者女性,58岁,全口牙列缺失,行全口义齿修复时,下列哪项与前牙的选
    择依据无关
    A. 人工牙的质地和大小
    B. 人工牙的形态和颜色
    C. 患者的年龄
    D. 患者的肤色和性别
    E. 患者高矮
    【答案】 E
    【解析】 前牙对恢复面部美观十分重要,选牙时不仅要考虑人工牙的质地、大
    小、颜色和形态,与患者的面形及口唇部协调,还应考虑患者的肤色、年龄、性别、个
    性等因素,同时应特别重视患者本身对前牙的要求,而与患者的高矮无直接关系。

30. 上颌第一磨牙的𬌗面一般有4个牙尖,4个牙尖的大小顺序正确的为
    A. 近舌尖>近颊尖>远舌尖>远颊尖
    B. 近舌尖>近颊尖>远颊尖>远舌尖
    C. 近舌尖>远舌尖>远颊尖>近颊尖
    D. 近舌尖>远颊尖>近颊尖>远舌尖
    E. 近舌尖>远舌尖>近颊尖>远颊尖
    【答案】 B
    【解析】 近中舌尖是4个牙尖中最大者,是上颌第一磨牙的主要功能尖,远中
    舌尖则是其中最小的牙尖。颊侧牙尖较锐,近中颊尖稍大于远中颊尖。

31. 全口义齿排牙完成后,发现下颌牙列的尖牙和第一前磨牙之间有台阶,造
    成这一现象的原因是
    A. 上前牙排列过高

B. 上后牙排列过高

C. 前牙浅覆𬌗

D. 前牙深覆𬌗

E. 下前牙排列过低

【答案】 D

【解析】 下颌牙列的𬌗面在尖牙与第一前磨牙之间出现台阶,这是由于下前牙排列过高位、前牙深覆𬌗所造成的。

32. 不属于室温化学固化塑料的成形方法的是

A. 微波聚合成形

B. 涂塑成形

C. 气压成形

D. 加压成形

E. 注塑成形

【答案】 A

【解析】 室温化学固化的塑料,在临床上称为自凝塑料。自凝型的方法有:涂塑成形、气压成形、加压成形及注塑成形。

33. 患者,男性,70 岁,无牙颌,下颌弓略宽于上颌弓,在进行后牙排列时,以下方法不正确的是

A. 适当加大横𬌗曲线曲度

B. 选用无尖牙

C. 可磨改上后牙颊、舌尖的舌斜面

D. 加大后牙覆盖

E. 可磨改下后牙颊、舌尖的颊斜面

【答案】 D

【解析】 下颌弓略宽于上颌弓时,后牙尽可能排成正常的覆𬌗、覆盖关系。上后牙适当排向颊侧,下后牙略排向舌侧。为避免下后牙过于靠舌侧,可磨改上后牙颊、舌尖的舌斜面以及下后牙颊、舌尖的颊斜面,以减小后牙覆盖。同时可适当加大横𬌗曲线曲度,使上后牙𬌗端向颊倾斜,而下后牙不必整体向舌侧排,只需𬌗端向舌倾斜。如加大后牙覆盖,上后牙过于排向颊侧和下后牙过于排向舌侧都会破坏义齿的固位和稳定。

34. 能够预防铸件产生缩孔的措施是

A. 降低铸型焙烧过程的升温速率

B. 熔模避开铸型的热中心

C. 包埋料调拌应严格按粉液比进行

D. 铸造完成后铸件应缓慢冷却

E. 合金不能过熔

【答案】 B

【解析】 烘烤时升温过快,熔模料和水分会产生急剧燃烧、蒸发反应,这种急剧的燃烧、蒸发反应可造成强度较弱的铸型腔内壁破裂,从而引起铸件表面粗糙,降低铸型焙烧过程的升温速率,可避免此现象发生;包埋料的粉液比及颗粒分布不均等,易引起铸件表面粗糙;铸造完成后的铸型在冷却时应注意不能急冷,应在室温下缓慢冷却,以避免铸件产生冷热裂纹;当合金过熔时,在铸造压力的作用下,过熔的液态合金极易与铸型腔内壁包埋料发生烧结反应,同时也易将包埋料中某些低熔点的成分熔化,从而造成表面粗糙;铸件在凝固过程中,由于合金的液态收缩和凝固收缩,使得在铸件最后凝固的部位出现孔洞,形成集中而单一的孔称之为缩孔。铸型的热中心为最后凝固的部位,应将熔模避开热中心,而将储金池位于热中心,以补偿合金凝固收缩,避免铸件产生缩孔。

35. 烤瓷粉经过多次反复烘烤,可能引起的变化是

A. 热膨胀系数增大

B. 热膨胀系数减小

C. 瓷粉熔点升高

D. 瓷粉熔点降低

E. 瓷粉透明度增加

【答案】 A

【解析】 烤瓷粉经过反复烘烤,致使瓷物理性质改变,热膨胀系数增大。同时,由于反复烘烤会使瓷粉内的碳酸盐不断分解,产生的滞留气体不能排出,引起瓷粉的透明度下降,发生颜色变化,同时会出现表面过度光亮,并导致修复体形成圆球状的变形。

36. 技师在制作PFM全冠时,为避免出现应力集中而破坏金-瓷结合,其金属基底表面形态应为

A. 金属基底不能过厚

B. 金属基底各轴面不能呈流线形

C. 金属基底表面无锐边、锐角

D. 金属基底表面不能为凹形

E. 金属基底表面不能为凸形

【答案】 C

【解析】 出现应力集中而破坏金-瓷结合的主要原因:金属基底表面形态有尖锐棱角、锐边。

37. 患者,女性,前牙内倾性深覆殆, $\lfloor$ 1 为变色牙,需进行 PFM 全冠修复,牙体制备后发现 $\lfloor$ 1 舌侧空间只有 0.5mm,技师在制作时金-瓷衔接线的位置应为

    A. 距基牙舌侧颈缘 0.5mm

    B. 距基牙舌侧颈缘 1.0mm

    C. 舌侧采用金属板形式,瓷层只覆盖至舌侧切缘 2~3mm 处

    D. 舌 1/2 处

    E. 颈缘处

【答案】 C

【解析】 PFM 全冠的制作要求:金属基底部分具有一定厚度 0.3~0.5mm,能为瓷层提供适当空间 0.85~1.2mm,保证金瓷结合强度和美观。因此,采用舌侧金属板形式,才能保证修复体的质量。

38. 烤瓷熔附金属全冠基底冠熔模的标准制作方法为

    A. 蜡型回切开窗制作方法

    B. 浸蜡法

    C. 滴蜡法

    D. 压蜡法

    E. 雕刻法

【答案】 A

【解析】 采用蜡型回切开窗制作方法可以正确把握最终形态,保证瓷层厚度均一,金、瓷交界处可以光滑平整地过度。

39. 技师对金属基底冠进行粗化处理时,其喷砂压力应为

    A. 小于 2×10^5 Pa

    B. $(2 \sim 4) \times 10^5$ Pa

    C. $(5 \sim 6) \times 10^5$ Pa

    D. $(6 \sim 7) \times 10^5$ Pa

    E. $(7 \sim 8) \times 10^5$ Pa

【答案】 B

【解析】 打磨后的金属基底冠要求用 50~100μm 氧化铝砂(贵金属用 35~50μm 氧化铝砂)在 $(2 \sim 4) \times 10^5$ Pa 压力下喷砂处理,清除铸件表面附着物及氧化物,并形成微观的粗化面。

40. 牙本质瓷堆塑完成后,正确的回切方法是

    A. 只回切唇、颊面

B. 回切唇面、颊面及邻面

C. 四步法三等分回切

D. 两步法三等分回切

E. 回切唇面、颊面及指状沟

【答案】 C

【解析】 四步法回切即分邻面回切、切断回切、唇面回切、指状沟回切。三等分回切即牙冠唇侧分近中、中间、远中三个 1/3 为三等分回切成指状沟。

41. 某技师制作的 |345 金属烤瓷冠烧结完成后,发现其瓷层颜色与标准比色板相比,颜色发暗并稍呈蓝色,造成这种现象可能的原因是

A. 体瓷堆筑过多

B. 透明瓷堆筑过多

C. 透明瓷堆筑过少

D. 瓷粉烧结温度过低

E. 真空度不够

【答案】 B

【解析】 透明瓷是在釉质瓷构筑完成后,在整个唇面、切端盖的一层透明度较大的瓷粉,以获得天然牙牙本质与牙釉质的自然外观,该层不能过度构筑,否则会使牙冠整体变暗而呈蓝色调。

42. 某技师在遮色瓷烧结完成后,发现金-瓷结合界面上出现许多微小气泡,其可能的原因是

A. 金属基底表面氧化层过薄

B. 金属基底表面氧化层过厚

C. 金属基底表面残留有油脂

D. 瓷粉烧结时真空度不够

E. 大气中烧结

【答案】 C

【解析】 金属基底表面氧化层过薄或者过厚会对金瓷结合强度造成影响;瓷粉烧结时真空度不够会造成瓷层透明度降低;瓷粉在大气中烧结会造成瓷粉呈白垩色;金属基底表面残留有油脂在高温下烧结会出现因油脂挥发而在金-瓷结合界面上出现微小气泡。

43. 互补色等量混合可以得到

A. 红色

B. 黄色

C. 蓝色

D. 灰色

E. 绿色

【答案】 D

【解析】 在颜色轮相对的两种颜色称为互补色,互补色等量混合可以形成中性色即灰色。

44. 下列因素中,可能会影响金瓷强度的是

A. 遮色瓷过薄

B. 遮色瓷过厚

C. 瓷泥堆筑时振动过大

D. 瓷泥中水分未吸干

E. 烧结温度过高

【答案】 B

【解析】 遮色瓷层的厚度约 0.2mm,过薄遮色效果较差,过厚影响瓷层透明度和金-瓷强度。

45. 卡环舌侧对抗臂的主要特点是

A. 舌臂较短

B. 舌臂紧贴龈缘

C. 舌臂弯曲度较大

D. 舌臂位于导线上

E. 舌臂的位置较颊臂高

【答案】 E

【解析】 卡环颊、舌臂所起的作用不同,颊臂多为固位臂,可贴靠龈缘,舌臂多为对抗臂,故磨牙、前磨牙的舌臂不宜太低,应较颊臂高,尤其是下颌磨牙。

46. 下列卡环中属于三类导线卡环的是

A. 正型卡环

B. 长臂卡环

C. 连续卡环

D. 锻丝上返卡环

E. 锻丝下返卡环

【答案】 E

【解析】 正型卡环适用于一类导线的基牙;长臂卡环用于近缺牙区的基牙有一定程度的松动,而将卡环臂延伸至相邻健康牙齿上的倒凹区内起到固位作用;连续卡环多用于牙周组织健康较差的基牙或需固定的松动牙;锻丝上返卡环多用于靠近缺隙侧倒凹较大的基牙上;锻丝下返卡环属三类导线卡环,具有一定的固位和

环抱作用,但不及正型卡环。

47. 在弯制卡环时,对卡环体的要求是
A. 卡环臂形成后,卡环体部可进入倒凹,加强固位,但不能被对颌牙咬到
B. 为了弯制方便,可在形成卡环臂后不向𬌗支托靠拢,在轴面角处转弯形成连接体
C. 卡环臂形成后,沿基牙邻面向𬌗支托靠拢,形成一段卡环体,再形成连接体
D. 绕过轴面角而进入邻面倒凹区,与𬌗支托、连接体相连
E. 在弯制卡环体时,为了不磨损石膏基牙,可稍离开基牙

【答案】 C

【解析】 卡环体位于卡环臂的后端,绕过轴面角而进入邻面非倒凹区,与𬌗支托、连接体相连,不具有弹性。弯制卡环体部时要求:卡环臂形成后,沿基牙邻面向𬌗支托靠拢,形成一段卡环体,环抱基牙可起到固位和稳定义齿的作用。

48. 对于尖牙卡环的描述,下列叙述错误的是
A. 卡环臂的臂端大多置于唇面近中
B. 卡环臂可尽量向下,可贴靠龈缘
C. 卡环臂的臂端一定要绕过轴面角,到达邻面
D. 卡环体不宜过高,以免妨碍排牙
E. 卡环臂可稍向下,但不能贴靠银缘

【答案】 E

【解析】 尖牙卡环的特点:卡环臂的臂端大多置于唇面近中,以利用倒凹和利于美观;卡环臂可尽量向下,可贴靠龈缘,有利于美观和固位;卡环臂的臂端一定要绕过轴面角,到达邻面;卡环体不宜过高,以免妨碍排牙。

49. 对卡环连接体的错误描述是
A. 连接体将卡环与基托连接成一整体
B. 卡环连接体应相互重叠,加强义齿抗折能力
C. 连接体应分布合理
D. 连接体具有加强义齿的作用
E. 卡环连接体与支托连接体平行,然后横跨,形成网状结构

【答案】 B

【解析】 连接体是可摘局部义齿的组成部分之一,可将义齿各部分连接在一起,具有分散颌力,增强义齿强度的作用。卡环连接体应相互平行,通过焊接连接在一起。

50. 弯制𬌗支托常用的工具是
A. 大弯钳和平钳

B. 大弯钳和三喙钳

C. 大弯钳和弯嘴钳

D. 小弯钳和平钳

E. 小弯钳和弯嘴钳

【答案】 A

【解析】 弯制殆支托常用的工具是大弯钳和平钳。

51. 进行前伸殆平衡调整时,上、下前牙切缘无接触,双侧后牙有接触,则应

A. 减小补偿曲线曲度,或加大前牙覆殆

B. 加大补偿曲线曲度,或加大前牙覆殆

C. 减小补偿曲线曲度,或减小前牙覆殆

D. 加大补偿曲线曲度,或减小前牙覆殆

E. 以上都不对

【答案】 A

【解析】 当做前伸运动,前牙不接触后牙接触时,通常采用减小补偿曲线曲度或将切导斜度增加(上调下前牙以加大覆殆)。

52. 焊料焊接中,焊件接触面形式和缝隙大小对焊接的难易和质量有直接影响,下列说法正确的是

A. 焊件呈截面接触,缝隙为 0.1～0.15mm

B. 焊件呈点接触,缝隙为 0.1～0.15mm

C. 焊件呈截面接触,缝隙为 2～3mm

D. 焊件呈点接触,缝隙为 2～3mm

E. 焊件呈斜面接触,缝隙为 2～3mm

【答案】 A

【解析】 焊件应成面(截面和斜面)接触,相接的面清洁而有一定的粗糙度,缝隙小而不过紧,一般以 0.1～0.15mm 为宜。

53. 在 |45 金属熔附烤瓷冠与 |6 金属冠焊接中,对焊接面的要求哪项是错误的

A. 接触面要保持清洁

B. 焊接处成面接触

C. 接触面高度抛光

D. 接触面要粗糙

E. 接触面的缝隙为 0.1～0.15mm

【答案】 C

【解析】 焊件应成面(截面和斜面)接触,相接的面清洁而有一定的粗糙度,缝

隙小而不过紧,一般以 0.1～0.15mm 为宜。

54. 纯钛支架易出现局部铸造缺陷,可通过以下哪种焊接方式进行焊接

　　A. 点焊

　　B. 铜焊

　　C. 银焊

　　D. 激光焊

　　E. 氧焊

　　【答案】 D

　　【解析】 纯钛支架高温下极易氧化,出现缺陷时常采用激光焊接方式进行焊接。

55. 激光焊接时,对焊接的环境要求是

　　A. 在空气中焊接

　　B. 在 CO_2 保护下焊接

　　C. 在惰性气体保护下焊接

　　D. 在氧气保护下进行焊接

　　E. 在氮气保护下进行焊接

　　【答案】 C

　　【解析】 激光焊接时要用惰性气体保护。

56. 焊料焊接中,焊件的接触面应以哪种方式接触

　　A. 点状接触

　　B. 多点式接触

　　C. 无接触

　　D. 截面或斜面接触

　　E. 线接触

　　【答案】 D

　　【解析】 焊件的接触情况是否正确,直接影响焊接的难易和焊接质量。焊件应成面(截面和斜面)接触,相接的面清洁而有一定的粗糙度,缝隙小而不过紧。

57. 患者,女,40 岁, 1 | 1 缺失,设计为 321 | 123 烤瓷桥修复, 321 和 123 已分别塑瓷,烧结,形态修整并上釉后,需焊接成一个整体,通常所采用的焊接方法是

　　A. 烤瓷炉内焊接

　　B. 汽油加压缩空气火焰焊接

　　C. 激光焊接

　　D. 点焊

E. 等离子弧焊接

【答案】 A

【解析】 金属烤瓷冠桥的焊接分为前焊接和后焊接两种方法。后焊接是指在各分段的金属基底冠上烧结好瓷,经形态修整和上釉完成后的焊接,因在烤瓷炉内进行的,又称炉内焊接。

58．下列哪项不是焊料焊接中烧坏焊件的原因

　　A．砂料包埋时对细小焊件及焊件的薄边缘保护不够

　　B．焊料强度过低

　　C．焊料熔点过高

　　D．焊接火焰掌握不好,在某一局部加热过多,温度过高

　　E．焊料全部熔化后,没有迅速撤开火焰

【答案】 B

【解析】 焊料焊接时,烧坏焊件的原因主要有:砂料包埋不当、火焰掌握不好、焊料熔点过高或焊接时间过长。

59．焊料熔化后润湿性的好坏与哪项条件无关

　　A．被焊金属熔点

　　B．被焊金属表面是否有氧化层

　　C．被焊金属成分

　　D．被焊金属表面粗糙度

　　E．焊料的成分

【答案】 A

【解析】 润湿性是指液体能均匀地粘附在固体表面的特性。其好与差是由焊件(包括成分、表面粗糙度、表面是否有氧化物)、焊料、焊媒和温度等条件决定。

60．铸造支架卡环模截面外形应为

　　A．外圆内平的椭圆形

　　B．外圆内平的半圆形

　　C．长方形

　　D．外尖内平的三角形

　　E．正方形

【答案】 A

【解析】 铸造卡环的模截面外形是外圆内平的椭圆形。

61．通常弯制卡环的连接体应离开组织面

　　A．0.5～1mm

　　B．1～1.5mm

C. 2～2.5mm

D. 2.5～3mm

E. 3～5mm

【答案】 A

【解析】 弯制卡环的连接体离开模型组织面0.5～1mm。

62. 弯制邻间钩时,在模型上设计放置邻间钩的两牙颊侧邻接点以下,用雕刀挖出小孔深度为

A. 0.5～1mm

B. 1～1.5mm

C. 2～2.5mm

D. 2.5～3mm

E. 3～5mm

【答案】 B

【解析】 在弯制邻间钩时,应先在放邻间沟的两牙颊侧邻接点下1～1.5mm处挖出一小孔,利于弯制邻间钩时,钩尖进入颊外展隙,以获得良好固位。

63. 下列关于全口义齿下颌侧切牙的排列要求正确的是

A. 唇舌向垂直排列

B. 颈部向远中倾斜明显

C. 远中稍向舌侧

D. 切缘在𬌗平面上

E. 切缘与上前牙舌面接触

【答案】 ACE

【解析】 下颌侧切牙的排牙要求:切缘高出𬌗平面1mm,冠部唇舌向近于直立,颈部微向远中倾斜,冠的旋转度与𬌗堤唇面弧度一致。

64. 患者,男,30岁,4̲ 缺失,间隙较小,可摘义齿修复,不能排成品牙,可雕刻蜡牙。牙冠的形态特点是

A. 颊面外形类似上颌尖牙的唇面

B. 颊面中央有颊嵴

C. 舌面比颊面小得多,最突处在颈1/3处

D. 𬌗面为四边形,近𬌗缘嵴＜远𬌗缘嵴

E. 中央窝内有二点隙和中央沟

【答案】 ABCDE

【解析】 上颌第一前磨牙的形态特点:颊面与尖牙唇面相似但较短小;舌面明显小于颊面,似卵圆形,外形高点在舌面中1/3处;邻面呈四边形,颈部最宽;𬌗面

外形为轮廓显著的六边形,中央凹陷成中央窝,在中央窝内有一近远中向的中央沟。

(65~70题共用题干)

患者C区7621,D区16缺失,制作弯制支架,塑料基托义齿装盒。

65. 此类型的可摘局部义齿卡环数目应控制在
    A. 2个以内
    B. 3个以内
    C. 4个以内
    D. 5个以内
    E. 6个以内
    【答案】 C
    【解析】 卡环数量多少主要取决于:①基牙的健康状况、形态和位置;②缺失牙的数目;③侧向力的大小。根据该患者牙列缺失情况,如果主要基牙健康、形态和位置较好,义齿卡环数目应在4个或4个以内,既可达到固位目的且取戴方便,又可少磨牙体组织。

66. 此类可摘局部义齿的装盒方法应采用
    A. 混装法
    B. 整装法
    C. 直立法
    D. 反装法
    E. 分装法
    【答案】 A
    【解析】 根据该患者的缺失牙制作的可摘局部义齿,在装盒时需要将卡环、支托连同模型包埋固定于下层型盒内,前、后牙(成品牙或蜡牙)、颊、腭侧基托暴露翻到上层型盒,故应选择混装法。

67. 可摘局部义齿装盒完成后,去蜡时应将型盒放置热水中浸泡5~10min,浸泡型盒的水温度为
    A. 60℃
    B. 70℃
    C. 80℃
    D. 90℃
    E. 100℃
    【答案】 C

【解析】 将型盒置于80℃的热水中浸泡5～10min可使蜡型受热软化,方便打开型盒、去蜡及涂分离剂。

68. 可摘局部义齿局部基托充填,将塑料放置于器皿内,粉液混合后,其变化过程是
    A. 湿沙期、丝状期、粥状期、橡皮期、面团期、硬化期
    B. 湿沙期、粥状期、丝状期、面团期、橡皮期、硬化期
    C. 湿沙期、面团期、丝状期、粥状期、橡皮期、硬化期
    D. 粥状期、湿沙期、丝状期、面团期、橡皮期、硬化期
    E. 粥状期、湿沙期、丝状期、橡皮期、面团期、硬化期
    【答案】 B
    【解析】 塑料调合后,聚合体开始为单体所溶胀,单体逐步渗入聚合体颗粒之间。了解本题各期的含义就可正确地选择答案。

69. 引起可摘局部义齿塑料基托产生气泡的主要原因不包括
    A. 填塞不足
    B. 填塞过早
    C. 热处理过快
    D. 单体过多
    E. 压力过大
    【答案】 E
    【解析】 可摘局部义齿塑料基托在采用水浴加温处理时,为避免产生气泡,必须加压,因压力不够而造成的气泡多而不规则,且较大,分布在基托的表面或内部。

70. 在开盒过程中用力不当,最容易造成
    A. 人工牙移位
    B. 基托折断
    C. 卡环变形
    D. 支架移位
    E. 咬合升高
    【答案】 B
    【解析】 在开盒过程中,因型盒温度过高,易导致基托变形;若热聚后骤冷,可使塑料发生龟裂,若用力不当则易造成基托折断。

(71～73题共用题干)

患者,女性,因 6 缺失,要求做固定修复检查;75 固定,74 牙龈退缩,临床牙冠显长,咬合关系正常,牙龈缘清洁,无炎症。根据患者的情况,临床设计为金

合金烤瓷桥

71. 下列关于金合金的叙述中不正确的是

 A. 精确性高

 B. 耐腐蚀性好

 C. 不易造成牙龈的变色

 D. 是多单位烤瓷桥的首选

 E. 易加工

【答案】 D

【解析】 贵金属与非贵金属相比较具有许多优点,但是在强度和硬度方面明显不及非贵金属,另外,贵金属的比重大,不是多单位烤瓷桥的首选材料。多单位烤瓷桥的首选材料是非贵金属。

72. 对于基牙龈缘退缩且患者又不愿意多磨除牙体时,固位体边缘最好位于

 A. 与龈缘平齐

 B. 龈缘沟内

 C. 龈缘之上 2mm

 D. 龈缘上的导线处

 E. 龈缘之上,导线以下的倒凹区内

【答案】 C

【解析】 在固定修复体中,固位体的边缘有 3 种:①位于龈缘之上;②与龈缘平齐;③位于龈沟内。基牙牙冠轴面突度过大,将最大周径线降至颈缘需要磨除大量的牙体组织时,基牙龈缘已有明显退缩、基牙龈缘或牙周有炎症倾向者,固位体边缘应位于龈缘上 2mm。

73. 对于贵金属烤瓷桥的蜡型制作中错误的是

 A. 基牙冠殆面厚度不少于 0.5mm

 B. 桥体与固位体之间的连接部位应适当加宽,加厚

 C. 桥体殆面颊舌径可恢复与缺失牙等宽

 D. 桥体殆面的远近中径可适当缩短

 E. 减少桥体殆面的接触面积

【答案】 C

【解析】 在固定桥修复中,一般要求桥体的颊舌径略窄于原缺失牙,以减轻基牙的负担(桥体的颊舌径宽度可依基牙的情况而定,一般为缺失牙宽度的 2/3～1/2)。

(74～78 题共用题干)

 患者,男, 6| 缺失,余留牙正常,进行可摘局部义齿修复,基牙设计弯制卡环。

— 134 —

74. 基牙 ⌐7⌐ 为一类观测线,采用

　　A. 单臂卡环

　　B. 双臂卡环

　　C. 三臂卡环

　　D. 环形卡环

　　E. 对半卡环

【答案】 C

【解析】 三臂卡环由颊舌两个臂和𬌗支托组成,其固位、支持和稳定作用均好,适用于一类导线的基牙。

75. ⌐7⌐ 上的弯制卡环所用钢丝规格为

　　A. 18#

　　B. 19#

　　C. 20#

　　D. 21#

　　E. 22#

【答案】 C

【解析】 牙用不锈钢丝的选用方法是,18#用于后牙的𬌗支托,19#用于前磨牙的𬌗支托,20#用于后牙卡环,21#和22#用于前牙卡环。

76. ⌐7⌐ 上若设计铸造𬌗支托,那么支托的颊舌径宽度约为颊舌径的

　　A. 1/4

　　B. 1/3

　　C. 1/2

　　D. 2/3

　　E. 4/3

【答案】 B

【解析】 前磨牙的𬌗支托颊舌径宽度为 1/2,后磨牙的𬌗支托颊舌径宽度为1/3。

77. ⌐5⌐ 为二类观测线,应采用

　　A. 单臂卡环

　　B. 间隙卡环

　　C. 回力卡环

　　D. 上返卡环

　　E. 下返卡环

【答案】 D

【解析】 不锈钢丝上返卡环,多用在基牙靠近缺隙侧倒凹较大的基牙上,属于二型卡环,适用于二类导线。

78. $\boxed{4}$ 上设计

    A. 间隙卡环

    B. 上返卡环

    C. 下返卡环

    D. 单臂卡环

    E. 双臂卡环

【答案】 A

【解析】 在 $\boxed{4}$ 上设计间隙卡环,利用了 $\boxed{43}$ 牙之间的天然间隙,以减少磨除的牙体组织,利于天然牙的保存。

(79~82题共用题干)

    患者,女,71岁,全牙列缺失,曾行全口义齿修复,自诉上颌义齿固位较差,下颌尚可。口腔检查发现上、下颌弓关系正常,上颌牙槽嵴吸收较重。重新进行全口义齿修复。

79. 为加强上全口固位需做上颌后堤沟,后堤沟位于

    A. 前颤动线处

    B. 后颤动线处

    C. 软、硬腭之间

    D. 腭小凹与两侧翼上颌切迹连线后约 2mm 处

    E. 腭小凹与上颌结节连线后 1mm 处

【答案】 D

【解析】 全口义齿后缘的位置以及后堤沟的封闭,对维持全口义齿的固位具有非常重要的作用。上颌后堤区位于前后颤动线之间,一般在腭小凹与两侧翼上颌切迹连线后约 2mm 处为后堤区的后缘。

80. 该患者上颌牙嵴吸收较多,为抵抗义齿的脱位力,殆平面应

    A. 靠近上颌

    B. 远离上颌

    C. 靠近下颌

    D. 平分颌间距

    E. 前低后高

【答案】 A

【解析】 船平面约等分颌间距离,船平面指上下牙槽嵴的距离大致相等,可使上下半口义齿均获得良好的稳定性。但在临床上因患者上唇的长短、牙槽嵴吸收程度和颌间距离的大小因素,影响船平面位置的确定。根据杠杆原理,船平面距牙槽嵴越远,力臂越长,产生的脱位力矩越大。因此,当上颌或下颌牙槽嵴吸收严重时,为协调上下半口的固位条件,常采用调整船平面位置的方法,将船平面靠近牙槽嵴吸收较多的一方。

81. 进行平衡船调整时,前伸船平衡的情况下,后牙至少有

    A. 两点接触

    B. 三点接触

    C. 四点接触

    D. 多点接触

    E. 完全接触

【答案】 B

【解析】 前伸船平衡的要求:下颌做前伸运动时,上下颌前牙的切缘接触,两侧上下后牙的相对牙尖可达到多点接触或完全接触,最少三点接触,即上下前牙及左右两侧最后磨牙的接触。

82. 不属于平衡船调整前所具备条件的是

    A. 正中船广泛紧密接触

    B. 前牙排成浅覆船

    C. 后牙具有补偿曲线

    D. 后牙具有横船曲线

    E. 前牙具有 Speece 曲线

【答案】 E

【解析】 平衡船调整前应具备条件的是:正中船广泛紧密接触;前牙排成浅覆船;后牙具有两条合适的船曲线即补偿曲线和横船曲线。

(83~85 题共用备选答案)

    A. 0.2mm

    B. 0.3mm

    C. 0.5mm

    D. 2mm

    E. 3mm

83. 非贵金属的金属树脂混合桥其基底冠的厚度应不小于

【答案】 B

【解析】 非贵金属的金属树脂混合桥所选用的金属均为高熔合金,具有较好强度,若金属基底过厚时不仅影响树脂厚度,而且使树脂容易发生断裂。又由于金属透出而影响美观,所以金属基底的厚度只要≥0.3mm就可达到理想的强度。

84. 悬空式桥体与黏膜之间的间隙应有

【答案】 E

【解析】 桥体龈端与牙槽嵴保持3mm以上的空隙,使食物能够在桥体下自由通过而不聚集。

85. 遮色瓷层的厚度应不小于

【答案】 A

【解析】 遮色瓷层的厚度约0.2mm,过薄遮色效果较差,过厚影响瓷层透明度和金-瓷强度。

(86～88题共用备选答案)

　　A. 色相的调整

　　B. 彩度增加

　　C. 明度的调整

　　D. 增加透明度

　　E. 明度与色相的调整

86. 在瓷粉上使用同色染料,会使

【答案】 B

【解析】 彩度即饱和度,指同一色相的颜色的纯度和强度(颜色的浓淡)。在瓷粉上使用同色染料,可在几乎不改变明度前提下,可使之彩度增加而不能降低其明度。

87. 将黄色瓷牙上加上红色后形成橘黄色,而明度不变,对这样的调整称为

【答案】 A

【解析】 色相即何种色,混合两种颜色可形成另一种色相。将黄色瓷牙上加上红色后形成橘黄色,遵循了色相调整的原则。

88. 在烤瓷前牙的舌侧使用蓝色染料可以

【答案】 D

【解析】 在舌侧用染蓝色染料可以增加切端透明感,起到微调作用。减弱透明度可用加白色染料的方法实现。

　　A. 0.1～0.2mm

　　B. 0.2～0.3mm

　　C. 0.3～0.5mm

　　D. 1～1.5mm

　　E. 1.5～2mm

89. 金瓷修复体遮色瓷的厚度为

【答案】 A

【解析】 金瓷修复体遮色瓷的厚度应控制在0.1～0.2mm。

90. 金瓷修复体瓷层覆盖的金属基底表面应保留的空隙为

【答案】 D

【解析】 瓷修复体瓷层覆盖的金属基底表面应保留的空隙既指的是瓷层厚度。

91. 金瓷桥金属基底层蜡型的桥体龈端与牙槽嵴黏膜之间的空隙为

【答案】 D

【解析】 金瓷桥金属基底层蜡型的桥体龈端与牙槽嵴黏膜之间应留出1～1.5mm的空隙为今后上瓷预留。

92. 金瓷修复体透明层烧结后的厚度为

【答案】 B

【解析】 一般此层烧结后形成0.2～0.3mm厚度。该层不能过度构筑,否侧会使牙冠整体颜色变暗而稍呈蓝色调。

93. 瓷全冠的切缘厚度为

【答案】 E

【解析】 切端应保持1.5～2.0mm的间隙以保证瓷冠的强度。

94. 由于聚甲基丙烯酸甲酯塑料机械强度有限,临床常发生义齿基托折断,人工牙折裂等问题。容易折断的情况是

　　A. 咬合过紧,使基托过薄

　　B. 义齿应力集中的部位

　　C. 磨牙修复且颌间距过小的义齿

　　D. 恢复较小缺隙的人工牙腭侧基托

　　E. 塑料使用不当,粉液比例失调

【答案】 ABCDE

【解析】 义齿折裂的常见部位是:①因覆𬌗较深、垂直距离较低、咬合过紧等原因,而使基托过薄或人工牙过短处;②塑料基托应力集中和薄弱的部位;③塑料

基托与铸造金属支架连接不当,支架连接体的形态结构不好,金属与塑料相接处突然变薄变窄,处于应力集中区;④前后牙缺失较多,其中间余留牙的舌侧区;⑤连接两侧后牙的下颌义齿基托前部的舌侧区;⑥修复单个磨牙且颌间距离过小的义齿,易沿殆支托连接体纵折;⑦恢复较小缺隙的人工牙的腭、舌侧基托处;⑧上颌牙多数缺失时,前部腭中缝区或其两侧;⑨缺隙窄小,而埋入的支架过多;⑩塑料使用不当,如粉液比例失调,或热处理不合理而造成的气泡、残疵处。

95. 对于孤立基牙在装盒时的处理方法是

　　A. 将石膏基牙完全削去,卡环臂悬空,采用分装法

　　B. 孤立基牙不要靠近型盒壁,离开 1cm 以上

　　C. 不能将石膏基牙削平,以免卡环移位

　　D. 将石膏基牙卡环以上部分削平,以免形成倒凹

　　E. 使蜡型全部暴露,形成上半盒的石膏陟嵴

【答案】　ABD

【解析】　对于孤立基牙在装盒时的处理方法是①将石膏基牙完全削去,卡环臂悬空,采用分装法;②孤立基牙不要靠近型盒壁,离开 1cm 以上;③将石膏基牙卡环以上部分削平,以免形成倒凹。

96. 以下哪些因素可能导致铸件出现冷热裂纹

　　A. 铸型冷却方式不合理

　　B. 熔金温度过高

　　C. 铸造压力过大

　　D. 铸型强度过大

　　E. 铸件厚薄不一

【答案】　ADE

【解析】　导致铸件产生冷热裂纹的主要原因:①铸件厚薄不一;②铸型冷却方式不合理;③铸型在冷却过程中受到剧烈的振动;④铸型的强度过大;⑤合金本身的原因。